Rosalie Koch

Rübezahl

Die schönsten Märchen und Sagen
von dem Berggeiste im Riesengebirge

Rosalie Koch: Rübezahl. Die schönsten Märchen und Sagen von dem Berggeiste im Riesengebirge

Erstdruck: Berlin, Winckelmann, 1845

Neuausgabe
Herausgegeben von Karl-Maria Guth
Berlin 2017

Umschlaggestaltung von Thomas Schultz-Overhage unter Verwendung des Bildes: Felix Elßner, Rübezahl

Gesetzt aus der Minion Pro, 11 pt

Verlag: Henricus - Edition Deutsche Klassik GmbH
Mörchinger Str. 33, 14169 Berlin, info@henricus-verlag.de
Druck: Libri Plureos GmbH, Friedensallee 273, 22763 Hamburg

ISBN 978-3-7437-0197-7

Bibliografische Information der Deutschen Nationalbibliothek

Die Deutsche Nationalbibliothek verzeichnet diese Publikation in der Deutschen Nationalbibliografie; detaillierte bibliografische Daten sind im Internet über www.dnb.de abrufbar.

Inhalt

Einleitung 5
Woher Rübezahl seinen Namen hat 7
Der Kräutersammler 13
Der Musterreiter 20
Mecker-Friede 23
Die Anleihe 25
Der Wundertaler 30
Der Goldmacher 36
Rübezahl straft einen Spötter 38
Die Perücken 44
Mutter Else 46
Glücks-Männlein 54
Die drei besten Menschen 56
Der böse Vogt 59
Rübezahl straft einen Unwissenden 63
Wie Rübezahl vor Prellerei warnt 65
Rübezahl betrügt die Geldmäkler 67
Die Springwurzel 67
Der gefundene Esel 71
Der Spieler 74
Rübezahl und der Schneider 76
Rübezahl und der lügenhafte Knecht 78
Der reiche Bäcker 80
Das Zauberbuch 83
Wie Rübezahl einem Bauer hilft 84
Der kleine Peter 85
Die Reise nach Karlsbad 91
Wie Rübezahl die Übertretung seiner Gesetze bestraft 102
Das Rad 103
Wie Rübezahl sich eines armen Studenten annimmt 104

Wie Fischbach durch Rübezahls Hilfe erbaut worden 105
Rübezahl macht einem Förster einen Zopf 109
Der alte Schäfer 112
Die drei Tischlergesellen 113
Wozu es nützt, schweigend Unrecht zu ertragen 114
Der Wanderstab 115
Die gefärbten Badegäste 117
Der verzauberte Stab 119
Der böse Edelmann 122
Grünmantel 124
Rübezahl. Schauspiel in einem Akt 129

Einleitung

Das Riesengebirge, das euch, meine jungen Freunde, aus der geographischen Lehrstunde wohl bekannt ist, ja welches einzelne von euch schon besucht haben, ist derjenige Teil der Sudeten des preußischen Staates, wo sie am höchsten und engsten verbunden sind und Schlesien von Böhmen und Mähren scheiden. Die hervorragenden Spitzen derselben sind von ansehnlicher Höhe, die Riesen-, auch Schneekoppe genannt, welche 1605 m über dem Meeresspiegel liegt; ferner der Reifträger, das hohe Rad und die Sturmhaube; auch haben starke Flüsse, z. B. die Elbe und der Bober, ihren Ursprung zwischen felsigen Höhen. – Dort nun war ehemals der Aufenthalt eines mächtigen Berggeistes. Sein Gebiet umschrieb auf der Oberfläche des Riesengebirges nur wenige Meilen, breitete sich aber im Innern desselben desto weiter und tiefer aus. Der Gnom herrschte oft jahrhundertelang still in seinem unterirdischen Reiche, und erhob sich nur selten auf die Oberwelt, um dort sein Wesen zu treiben.

Zur Zeit, als noch kein menschlicher Fußtritt das verkümmerte Knieholz und die spärliche Vegetation der Berge betrat, ehe die Gegend bewohnt war, begnügte sich der Herr der Riesenberge damit, wilde Tiere aufeinander zu hetzen, oder sie aus ihrem Lager aufzuschrecken, und sie in wilder Jagd durch das Gehölz zu treiben.

Als er aber nach langer Zeit wieder einmal das Tageslicht der Oberwelt aufsuchte, fand er zu seinem Erstaunen alles so sehr verändert, daß er fast sein eigenes Gebiet nicht wiedererkannte. Grünes Saatenfeld erhob sich, wo früher ein finsterer Wald gestanden hatte, und auf Wiesen weideten Schafe und Rinder, unter der Obhut singender Hirten und schützender Hunde. Da lagen einzelne Hütten in den Tälern, aus deren Schornsteinen der Rauch lustig emporstieg und vor deren Türen muntere Kinder spielten, mit fröhlichem Geschrei. Der Gnom wunderte sich nicht wenig über diese neuen Erscheinungen; seine größte Aufmerksamkeit aber erregten die Gestalten der Menschen, die er nie zuvor gesehen hatte. Seine Neugier ward rege, und er beschloß, diese fremden Wesen näher kennen zu lernen, indem er ihre Gestalt annahm und einige Zeit unter ihnen lebte.

Zuerst trat er als Knecht in die Dienste eines Landwirtes und verrichtete seine Arbeit aufs beste. Was er unternahm, das gelang, und er schaffte seinem Herrn so großen Nutzen, daß dieser leicht ein reicher Mann hätte werden können. Aber er war ein Verschwender und verjubelte leichtsinnig alles, was der fleißige und geschickte Knecht erwarb, dem er für seine treuen Dienste nicht einmal dankte. Darüber ward denn der Berggeist ärgerlich und suchte sich einen andern Herrn, bei dem er sich als Schafhirt vermietete. Und wieder gedieh unter seiner Aufsicht die Herde aufs beste; kein Schaf erkrankte, keins zerriß der Wolf, solange der Gnom sie hütete. Aber der Herr war ein Geizhals, der niemals genug hatte, dem treuen Knechte kaum satt zu essen gab und ihm, so oft er konnte, den bedungenen Lohn verkürzte. Darum ging dieser auch bald wieder aus diesem Dienst und kam als Gerichtsdiener zu einem Amtmann. Er versah auch diesen Dienst mit allem Eifer, und in kurzer Zeit war im ganzen Kreise kein Dieb oder Straßenräuber mehr zu finden. Als aber der Berggeist sah, daß der Amtmann ein ungerechter Richter war, der sich durch Geschenke und Schmeicheleien bestechen ließ, mochte er ihm nicht länger dienen und lief davon. Da er nun durch Zufall an lauter schlechte Menschen geraten war, glaubte der Gnom, daß sie alle nicht anders wären, und ohne Lust, weitere Proben davon zu machen, nahm er sich vor, so weit sein Gebiet reichte, die Menschen zu necken und zu plagen, damit sie sich wenigstens aus dieser Gegend entfernen sollten. Später freilich sah er auch diesen Irrtum ein und lernte manchen tugendhaften und guten Menschen kennen und schätzen und hat denn auch, wie wir sehen werden, mit seinen Zauberkünsten manchem armen Schelm aus der Not geholfen.

Wenn er nun wieder von Zeit zu Zeit die Oberwelt besuchte, neckte er die Reisenden und mischte sich in ihre Geschäfte. Er leitete die Fremden irre, die sein Gebiet betraten oder trieb Regenwolken zusammen, um sie durch Sturm und Gewitter zu erschrecken. Er stellte oft in der ödesten Gegend ein Wirtshaus, oder einen wundervollen Palast auf und äffte die hungrigen und ermüdeten Wanderer auf alle Weise damit. Wenn betrügerische Roßtäuscher sein Gebiet betraten, zeigte er sich nicht selten auf einem schönen Pferde als ein vornehmer Herr; ließen sie sich nun verleiten, ihm das Roß abzukaufen und ritten weiter damit, so verwandelte es sich nach kurzer Zeit in einen Strohwisch. –

Traf er dagegen einen unbemittelten Edelmann, der auf einem mageren Klepper traurig durch das Gebirge ritt, so kam er ihm wohl als ein stattlicher Reiter entgegen, ließ sich in irgend ein Gespräch mit ihm ein, und suchte ihn zu irgend einer Wette zu veranlassen. Er selbst verlor dann, und gab dem glücklichen Gewinner sein schönes Pferd, steckte ihm auch wohl noch heimlich eine Rolle mit Gold in die Tasche.

Solche Vorfälle wurden aber bald bekannt, und lockere Bursche oder Abenteurer, die davon hörten, suchten nun die Wohltätigkeit des Berggeistes auf ähnliche Weise in Anspruch zu nehmen. Aber da wurden sie empfindlich getäuscht; wenn sie auch glücklich das Pferd erlisteten, so verwandelte es sich doch bald genug in einen dürren Stock, auf dem sie immer weiter ritten, ohne es zu bemerken und zum Gespött in Stadt und Land wurden, wohin sie kamen.

So trieb er sein Wesen oberhalb des Gebirges, bald als neckender Spuk, bald als Wohltäter der Armen, je nachdem seine Laune eben war. Die Märchen, welche über den Berggeist Rübezahl noch im Munde des Volkes fortleben, findet ihr, meine jungen Leser, hier größtenteils gesammelt und neu bearbeitet. Die Autoren, von denen ein Teil derselben entnommen worden, sind: *Musäus, Lehnert* u. a. m.

Woher Rübezahl seinen Namen hat

Unsichtbar schlich der Berggeist einmal von seinem Felsen ins Tal hinab, und lustwandelte zwischen grünem Gesträuch und blühenden Hecken. Da gewahrte er die Gestalt eines überaus lieblichen Mädchens, welches die Tochter eines Fürsten war, der im schlesischen Gebirge herrschte, und die sich mit ihren Gespielinnen ins Gras gelagert hatte. Sie pflegte oft mit den Jungfrauen ihres Hofes in diesen Büschen zu lustwandeln, für ihren Vater Erdbeeren zu pflücken oder Wohlgeruch duftende Kräuter und Blumen zu sammeln. »Ei«, dachte der Berggeist, »dies schöne, heitere Wesen wär' eine gar erfreuliche Gesellschaft in meinem einsamen Reiche«, – und alsbald entführte er als ein Sturmwind die schöne Emma, indem er die Augen der Gespielinnen durch Staub und Sand blendete, die nun mit ihrem Wehklagen Berg und Tal erfüllten und ohne Unterlaß nach der geraubten Prinzessin suchten.

Der König, ihr Vater, war sehr betrübt darüber, nahm die goldene Krone von seinem Haupte und verhüllte sein weinendes Angesicht in den Purpurmantel.

Am traurigsten aber war die Prinzessin selbst, als sie sich plötzlich in dem Palaste des Berggeistes befand, den er im Augenblicke aufgebaut und mit soviel Reichtum und Glanz ausgeschmückt hatte, wie es die Königstochter selbst am Hofe ihres Vaters nicht gesehen. Sie selbst war auf das kostbarste gekleidet, und eine ganze Reihe Kisten und Schränke standen mit allerlei Putz und Schmuck für sie angefüllt. Ein schöner Lustgarten umgab den Palast von drei Seiten, die Obstbäume darin trugen purpurrote und goldene Früchte, und auf den Rasenplätzen, die von den seltensten Blumen eingefaßt waren, lag der erquickendste Schatten. Der Berggeist, bemüht, daß es seinem schönen Gaste gefallen solle, ernannte die Prinzessin zur unumschränkten Herrin dieser Besitzung und folgte jedem ihrer Winke wie einem Befehl. Aber bei alledem fühlte sich Emma doch unglücklich, denn sie sehnte sich nach ihrem Vater und ihren Gespielinnen zurück.

Der Gnom bemerkte bald die Traurigkeit der holden Prinzessin und dachte: Es mangelt ihr nur an Unterhaltung, denn der Mensch ist an Geselligkeit gewöhnt, gleich der Biene und Ameise. Und flugs ging er hinauf aufs Feld, zog auf einem Acker ein Dutzend Rüben aus, legte sie in einen zierlich geflochtenen Korb und brachte sie der Prinzessin.

»Holde Erdentochter«, redete er sie an, »du sollst nun nicht länger einsam sein; in diesem Korbe ist alles enthalten, was du bedarfst, um diesen einsamen Ort zu beleben. Nimm diesen kleinen, buntgeschälten Stab, berühre eine dieser Rüben damit und gib ihr diejenige Gestalt, welche dir gefällt.« Darauf verließ er die Prinzessin.

Diese zögerte keinen Augenblick, von dem Zauberstabe Gebrauch zu machen. »Brinhild!« rief sie, »meine liebe Brinhild, erscheine!« und alsbald umschlang die Gerufene ihre Knie und liebkoste die holde Gebieterin mit Tränen der Freude. Emma überließ sich nun ganz dem Glück, ihre liebste Gespielin um sich zu haben; sie lustwandelte Hand in Hand mit ihr durch den Garten, brach von den köstlichsten Früchten für sie, dann zeigte sie ihr die schönen Kleider, die Ketten und Spangen von Gold und Edelsteinen und vergaß über Brinhildes Bewunderung fast allen Harm.

Nun verwandelte Prinzessin Emma auch noch die übrigen Rüben durch den Zauberstab, so daß sie wieder ihre Kammerfrauen und sogar ihre Cyperkatze und ihr Hündchen um sich hatte. Wie sie so ihren alten Hofstaat um sich versammelt sah, war sie wohl zufrieden mit dem Berggeiste und zeigte ihm zum erstenmale ein freundliches Gesicht. Aber ihr Glück war von kurzer Dauer, denn nur zu bald bemerkte Emma, daß die blühende Gesichtsfarbe ihrer Gesellschafterinnen erbleichte und sie nur noch die einzige frische Rose unter den abwelkenden Jungfrauen war. Ja eines Morgens, als Emma klingelte, kamen an Stäben und Krücken statt der Kammerfrauen lauter alte Matronen ins Zimmer gehumpelt, die zitterten und husteten, daß es traurig anzusehen war; das Lieblingshündchen selbst lag im Verscheiden, und die Cyperkatze konnte nicht mehr kriechen vor Schwäche. Bestürzt verließ die Prinzessin diese unheimliche Gesellschaft, trat auf den Söller hinaus und rief den Gnom, der auch sogleich erschien.

»Was hast du mit meinen Gespielinnen und Kammerfrauen gemacht, boshafter Geist!« redete sie ihn zornig an; »mißgönnest du mir diese einzige Freude in der schrecklichen Gefangenschaft, in der du mich hältst? Wenn du ihnen nicht sogleich Jugend und Wohlgestalt zurückgibst, will ich nicht aufhören, dich mit meinem Haß zu verfolgen, und nicht eher sollst du mein Angesicht sehen.«

»Zürne nicht«, bat der Berggeist, »ich kann das Unmögliche bei aller meiner Kraft nicht erfüllen. Solange noch Saft in den Rüben war, konntest du durch den magischen Stab ihr Pflanzenleben nach deinem Gefallen verwandeln, nun dieser aber vertrocknet ist, müssen die verwandelten Gestalten nach den Gesetzen der Natur verwelken, die ich nicht abändern kann. Aber bekümmere dich deshalb nicht zu sehr, schöne Emma, ich will dir sogleich andere Rüben bringen, mit denen du deinen Hofstaat schnell wieder ersetzen kannst. Gib indes der Natur ihre Geschenke wieder zurück.«

Der Gnom entfernte sich eilig, und Emma nahm den bunten Stab zur Hand, berührte die alten Matronen mit dem umgekehrten Ende desselben und warf dann die vertrockneten Rüben, in welche sie sich wieder verwandelt hatten, in einen Winkel. Nun eilte sie, so schnell sie konnte, zu ihrem Lieblingsplatze, einer grünen Rasenstelle im Garten, um den frisch gefüllten Korb von dem Berggeiste wieder in Empfang zu nehmen. Aber da kam ihr der Gnom schon mit sichtbarer Verlegenheit entgegen und sagte ganz bestürzt:

»Ich habe dir voreilig mehr versprochen, als ich nun zu halten imstande bin; das ganze Land habe ich durchstreift, um noch einen Rübenacker zu finden, aber überall, sind sie schon eingeerntet und verwelken in dumpfigen Kellern. Obgleich es hier in deiner Nähe Frühling ist, so ist doch das Tal unten mit Eis und Schnee bedeckt, und du mußt noch drei Monate warten, bis ich dein Verlangen und mein Versprechen erfüllen kann.« –

Da drehte ihm die Prinzessin zornig den Rücken und verschloß sich traurig in ihre Zimmer; der Gnom bekam ihr Angesicht nicht mehr zu sehen, so sehr er auch bat. Er begab sich nun als Pachter verkleidet nach Schmiedeberg, kaufte dort auf dem Markte einen Esel und belud ihn mit Säcken voll Rübensamen, damit er einen ganzen Morgen Land besäen konnte. Nun bestellte er den Acker, und seine dienstbaren Geister mußten ein unterirdisches Feuer anschüren, damit die linde Wärme das rasche Wachstum der Saat befördere.

Das Rübenkraut schoß auch bald lustig genug auf und der Berggeist durfte auf eine reiche Ernte hoffen. Die Prinzessin ging nun täglich auf das Ackerfeld hinaus, aber es ging ihr mit dem raschen Wachstum der Saat immer noch zu langsam, und ihre Augen verloren allen Glanz, ihre Wangen alle Farbe. Sie war nämlich mit einem schönen Prinzen des Nachbarlandes verlobt gewesen, und die Hochzeit war nahe, als der Berggeist sie von der Erde entführte. Prinz Ratibor durchstreifte nun die Gegend ohne Unterlaß, um seine Braut wiederzufinden, und zog sich endlich ganz traurig in die einsamsten Waldungen zurück, als alle seine Bemühungen erfolglos blieben. Emma aber wünschte ebenso sehr, wieder zu ihm zurückkehren zu können, als Prinz Ratibor, sie wiederzufinden, und sie schmiedete in ihrer freiwilligen Einsamkeit – da sie noch immer zürnend die Gesellschaft des Gnomen mied – einen klugen Plan, um aus ihrer Haft zu entfliehen und den Hüter zu täuschen; wußte sie doch jetzt, daß auch er zu überlisten war.

Allmählich zog nun der schöne Lenz wieder in dem Gebirgstale ein, und die Rüben wurden groß und voll. Die schlaue Emma zog täglich einige davon aus, um allerlei Versuche damit zu machen; sie gab ihnen allerlei Gestalten, anscheinend nur zu ihrer Unterhaltung, aber sie hatte eine andere Absicht dabei. Sie ließ eines Tages eine kleine Rübe zur Biene werden und schickte sie auf Kundschaft aus zu ihrem Verlobten:

»Flieg', kleine Biene, gegen Sonnenaufgang zu dem Prinzen Ratibor und summe ihm ins Ohr, daß ich lebe, aber in der Gefangenschaft des häßlichen Berggeistes bin. Verlier' kein Wort von meinem Gruße und kehre alsdann geschwind zurück, mir Antwort zu bringen.«

Das Bienchen flog vom Finger der Prinzessin, wohin sie gewiesen war; aber sie hatte ihren Flug kaum begonnen, als eine Schwalbe auf sie herabstieß und die kleine Botin verschlang.

Darauf formte Emma eine Grille, gab ihr denselben Auftrag und sagte:

»Hüpfe, kleine Grille, über das Gebirge hin, zum Prinzen Ratibor und sag' ihm, daß ich der Befreiung aus der Gewalt des Berggeistes durch seinen starken Arm harre.« –

Die Grille flog und hüpfte, so schnell sie konnte, aber ein langbeiniger Storch ging eben am Wege spazieren und fing sie mit seinem langen Schnabel auf.

Die Prinzessin harrte also lange vergebens darauf, daß ihre Boten zurückkehren möchten; aber diese mißlungenen Versuche schreckten sie nicht ab. Sie gab einer dritten Rübe die Gestalt einer Elster und sagte:

»Fliege hin, du beredsamer Vogel, von Baum zu Baum, bis du zum Fürsten Ratibor kommst; dem sage von meiner traurigen Gefangenschaft und gibt ihm Bescheid, daß er am dritten Tage von heute ab mit Roß und Mann an der Grenze des Gebirges sei, um mich aufzunehmen, und aus der Gewalt des Gnomen zu befreien.« –

Die zweifarbige Elster flatterte darauf von einem Ruheplatz zum andern, und Emma folgte ihrem Fluge mit den Augen, so weit sie konnte.

Prinz Ratibor irrte indessen noch immer durch die Wälder, den Verlust seiner holden Braut beklagend. So saß er einmal unter einer schattigen Eiche und rief traurig den Namen der Prinzessin in die Luft. Alsbald hörte er von einer unbekannten Stimme rufen und erblickte eine Elster, die auf den Zweigen einer Eiche hin und wieder flog. Und diese begann nun herzusagen, was Emma sie gelehrt hatte. Als Prinz Ratibor diese Botschaft hörte, ward er voller Freude, eilte schnell in sein Hoflager zurück, rüstete eine Anzahl Reisige aus und zog mit ihnen guten Mutes den Riesenbergen zu.

Emma hatte inzwischen alles zu ihrer Flucht vorbereitet. Sie erschien eines Tages wieder mit dem größten Schmuck angetan; alles kostbare Geschmeide, womit der Herr der Riesenberge sie beschenkt hatte, trug sie an sich und strahlte dadurch ebenso sehr, als durch den Ausdruck der Freude, der in ihrem Gesichte lag; denn die Elster war glücklich zurückgekommen und hatte ihr gemeldet, was sie ausgerichtet hatte.

Als der Gnom die Prinzessin so freundlich und schön geschmückt sah, glaubte er, sie habe nun endlich ihren Widerwillen gegen diesen Aufenthalt besiegt und werde nun durch Heiterkeit und Frohsinn sein einsames Reich beleben. Er trat ihr daher freundlich entgegen und fragte: »ob sie ihm noch zürne, daß er sie so lange auf ihren Hofstaat habe warten lassen müssen?« Die Prinzessin lächelte zum erstenmale freundlich und verhieß ihm, sie wolle fortan gerne bei ihm bleiben, wenn er ihr zuvor noch einen kindischen Wunsch erfüllen wolle. Dazu vermaß sich der Gnom sogleich, und nun trug ihm die Prinzessin schalkhaft auf, die Rüben des Ackers zu zählen, ohne sich dabei zu irren, weil sie ihre Zofen und sonstige Gesellschaft daraus wählen wolle, und schon jetzt genau zu wissen wünsche, wieviel ihr zu Gebote stehen würden.

Sogleich eilte der Berggeist zum Ackerstücke und fing an, die Rüben mit großer Sorgfalt zu zählen, als er damit fertig war, wollte er sich davon überzeugen, ob er sich auch gewiß nicht geirrt habe, und fing noch einmal von neuem zu zählen an. Aber da fand er eine ganz andere Summe, als das erstemal, und mußte das beschwerliche und langweilige Geschäft zum drittenmal beginnen.

Während er also beschäftigt war, benutzte Emma seine Abwesenheit sogleich, um ihren Plan ins Werk zu setzen. Sie nahm eine starke, saftvolle Rübe und verwandelte sie in ein mutiges Roß mit Sattel und Zeug. Rasch schwang sie sich nun darauf und sprengte über Heiden und Gestrüpp dahin, bis hinab in das Tal, wo Prinz Ratibor ihr schon entgegenkam und die atemlose Flüchtige in seinen Schutz nahm.

Als der Gnom mit seiner mühevollen Arbeit nach wiederholtem Zählen zustande gekommen war, eilte er, die Prinzessin aufzusuchen; da er sie aber auf dem Rasenplatz nicht mehr fand, lief er durch die bedeckten Gänge und Lauben des Gartens. Endlich rief er im ganzen

Palast ihren Namen aus und wurde zuletzt unruhig darüber, daß ihm nur der Widerhall Antwort gab. Alsbald schwang er sich in die Luft empor, um sein Gebiet zu überschauen, und da sah er denn seine schöne Gefangene noch in der Ferne, wie ihr Roß eben über die Grenze setzte. Wütend ballte der erzürnte Geist einige Wolken zusammen und schleuderte einen Blitz nach den Fliehenden; aber dieser traf nur eine der hundertjährigen Grenzeichen und zersplitterte sie in viele Tausende von Teilchen. Jenseits der Grenze hörte aber seine Macht auf, und die Donnerwolke zerfloß in sanften Heidenrauch.

Nachdem er in stummer Wut den Entflohenen noch lange nachgeschaut hatte, kehrte er zornig in seinen Palast zurück, aber nur, um diesen samt dem köstlichen Lustgarten zu zertrümmern. Dann zog er sich an die entferntesten Grenzen seines Gebietes zurück, um seinen Menschenhaß im Mittelpunkte der Erde zu verbergen. Nach und nach aber überwand er auch diesen wieder und lebte von Zeit zu Zeit unter den Gebirgsbewohnern, stiftete mancherlei Gutes oder neckte die Menschen mit ihren Schwächen und Gebrechen, so daß mancher dieselben erkannte und sich besserte, zu seinem und seiner Mitmenschen Wohl. Nie aber hatte der Berggeist wieder versucht, ein schönes Erdenkind zu entführen, oder etwas zu versprechen, was er nicht halten konnte.

Fürst Ratibor aber führte die schöne Emma im Triumph an den Hof ihres Vaters zurück, der ihn nun mit der Hand der Prinzessin und einer schönen Stadt belohnte, die nach dem Besitzer »*Ratibor*« genannt wurde. Das sonderbare Abenteuer, das die Prinzessin im Riesengebirge erlebt hatte, und ihre schlaue Flucht wurden das Märchen des Landes und pflanzte sich von Geschlecht zu Geschlecht weiter fort. Die Bewohner der umliegenden Gegend, die den Berggeist bei seinem Geisternamen nicht zu nennen wußten, legten ihm nun einen Spottnamen auf und nannten ihn fortan nur *Rübenzähler* oder *Rübezahl*.

Der Kräutersammler

Vor langen Jahren lebten in einem Dörfchen am Riesengebirge ein paar alte Leute, Bieder, ehemals ein Köhler, und Else, sein Weib, arm und unbeachtet, in einer kleinen, baufälligen Hütte. Sie hatten keine

Kinder und nur wenig Anverwandte, denn die Armut hat nur einen Freund, und der ist im Himmel. Es lebte zwar noch eine Schwester des Köhlers mit ihrer Tochter, aber sie wohnte im Böhmenlande, war auch eine Witwe und mußte sich kümmerlich ernähren.

Um diese alten Leute nun kümmerte sich niemand; sie hatten gar oft früher die helle Sonne, als ein Stück schwarzes Brot im Hause, und die arme Else näßte ihr Gespinnst oft mit Kummertränen, seit ihr guter Alter an der Gicht daniederlag und seine gelähmten Hände auch nicht mehr die Spindel halten konnten, womit er sonst seinem Weibe das Brot verdienen half. Da ward freilich die Not erst recht groß, denn Else mußte den Kranken hegen und pflegen, und konnte nun nicht mehr jeden Tag, wie sonst, eine Strähne des schönsten Garnes spinnen. Wenn jetzt der Garnhändler an der Hütte vorbei kam und an die kleinen Scheiben des Fensterchens pochte, – da schüttelte Else oft nur traurig den Kopf, denn sie hatte ja kein Garn zu verkaufen, oder es war so wenig, daß die paar Groschen eben nur zu Salz und Brot ausreichten. So verging den armen Leuten die Zeit unter Leiden und Entbehrungen.

Da saß eines Tages der alte Bieder vor der Hütte und wärmte die kranken Glieder im Strahl der Sonne; Else brachte ihm die Pfeife mit dem Kopf aus Holz heraus, nahm dann Rocken und Spindel und setzte sich neben den Greis auf den Holzblock. Auf der Landstraße wirbelten kostbare Reisewagen den Staub auf und nahmen die Richtung nach dem nahe gelegenen Warmbrunn, dessen weltberühmtes Bad schon Tausenden von Kranken Heilung und Hilfe bereitet hat. – »Ach«, seufzte die arme Else, »wenn wir doch auch reich wären, wie jene vornehmen Reisenden; dann könntest du auch das Warmbad brauchen für deine kranken Glieder und würdest wohl noch einmal gesund und rüstig.« – Bieder ließ traurig den Kopf sinken, und als Else nun ihren Mann so niedergeschlagen sah, hätte sie ihm gern Mut und Freudigkeit zugesprochen. Sie erhob daher ihre freilich schon zitternde Stimme und begann das schöne Lied von *Neumark*: »Wer nur den lieben Gott läßt walten etc.« – »Weißt du auch«, schob sie zuvor ein, »was mir der Pfarrer neulich von diesem schönen Liede erzählte? Georg Neumark habe in Hamburg in so großer Armut gelebt, daß er seine liebe Violine habe versetzen müssen. Da fand er unvermutet Gönner, die ihn reichlich unterstützten und ihm auch eine Anstellung verschafften. Nun konnte er das liebe Instrument wieder einlösen, und aus Freude darüber machte er das Lied – Wer nur den lieben Gott läßt walten, – welches er selbst zuerst unter Tränen des Dankes gesungen hat.« An dieser Erzählung richtete sich ihre eigene gebeugte Seele auf, und ihr Gesicht hatte den Ausdruck froher Ergebung angenommen, als sie zu der letzten Strophe des Liedes kam: »Denn welcher seine Zuversicht auf Gott setzt, den verläßt er nicht.«

Da kam auf der Landstraße ein hübsches Mädchen daher, die trug ein kleines Bündel Kleider unter dem Arme; sie schien sehr ermüdet zu sein, und die unbeschuhten Füße waren an manchen Stellen wundgerissen von Baumwurzeln und Gestrüpp. Als sie nun in die Nähe der Hütte kam, stand sie mit einem: »Grüß euch Gott!« still, und fragte mit fremdklingender Aussprache: »Könnt ihr mir wohl sagen, ob hier ein Mann mit Namen Bieder wohnt?«

»Das bin ich selbst«, antwortete der Alte, und in dem nämlichen Augenblicke lag das fremde Mädchen an seinem Halse und schluchzte: »Die Mutter grüßt euch nochmals, lieber Ohm; am Osterfeste ward sie begraben!« – »Tot?« fragte Bieder erschrocken, und faltete die Hände. »Du lieber Gott im Himmel! – Und du, mein Mädchen, bist wohl Theresens Kind? So sei uns denn herzlich willkommen!«

Else trat nun auch herbei, gab dem Mädchen die Hand, strich ihr dann liebkosend die vollen Zöpfe aus dem braunen Gesicht und klopfte sie auf die Wange. Da faßte sie der Base Hand und bat mit ihrer sanften Stimme: »Ach, sei du nun mein Mütterlein, Base Else! siehe, ich bin ja ohne Schutz und Schirm wie ein Vöglein des Waldes.«

»Für dich auch wird der Vater sorgen«, sprach da die gute Else, umarmte das verlassene und verwaiste Mädchen und führte es hinein in die Hütte, daß es sich ausruhe und an ein wenig Brot und Käse stärke. Am Abend machte die gute Alte für Susy ein Lager von Heu und Baumblättern zurecht, und so ärmlich dies war, schlief das Mädchen doch so süß, als läge es auf dem weichsten Flaum.

Else aber ließ die Sorge nicht schlafen. Sie ging schon frühe hinaus vor die Hütte, um ungesehen zu beten und zu weinen, und suchte zugleich junge Erdbeerblätter zum Frühtrank für sich und den Vater; für Susy hatte sie noch ein Töpfchen Milch aufgespart. – Von der neuen Tochter hatte Else zwar jetzt Unterstützung und Pflege für ihre alten Tage zu erwarten, aber es fehlte dem Mädchen doch manches, zu dessen

Anschaffung Else keinen Rat wußte. Wäsche und Kleider hatte Susy meist den harten Leuten lassen müssen, bei denen die Mutter gewohnt hatte, und denen sie in der langen Krankheit vieles schuldig geblieben war. Zwar blühte Susy frisch und kräftig wie eine Alpenrose, hatte eine silberhelle Stimme und wußte schöne Lieder zu singen, die sie mit der Zither begleiten konnte, aber Else hätte lieber für das Mädchen gebettelt, als das sie zugegeben hätte, daß sie damit ihr Brot zu verdienen suche. Woher aber das Nötige zu ihrem Unterhalt nehmen? Das gute Mütterchen sah keinen Ausweg und vergaß, daß *Einer* in der Höhe lebt, der ja viel tausend Wiege findet, wo der Verstand nicht einen sieht.

Da hörte Else plötzlich den Gesang einer Männerstimme im stillen Walde, und alsbald kam ein Kräutersammler mit seiner Blechkapsel auf dem Rücken daher. Er schien Else nicht zu bemerken und sang laut und verständlich für jene:

»Wider alle Wunden
Gibt's ein kräftig Kraut,
Der hat Heilung funden,
Der dies Kräutlein braut.
In des Glaubens Garten
Ist es nur zu schaun,
Lernt das Kräutlein warten,
Es heißt: Gottvertraun!« –

Else horchte hoch auf, das Herz pochte ihr fast laut, und ein Glaube, stark wie Felsengrund, kam hinein. Sie schämte sich ihres Kleinmutes, trocknete ihre Tränen und erwiderte freundlich den Gruß des Reisenden, der indes näher gekommen war.

»Habt ihr etwas von meiner Ware nötig?« fragte er Else und zeigte auf den Kräuterkasten; doch diese schüttelte wehmütig den Kopf, indem sie antwortete:

»Ach, lieber Freund, das Kräutlein, dessen ich bedarf, habt ihr doch wohl nicht in eurem Kasten, denn für den Tod ist kein Kraut gewachsen; und mein armer Mann wird die Gicht nicht eher los, biß sie ihm Erde und Rasen aufgelegt haben.«

Da lächelte der Fremde seltsam und wiederholte singend: »Wider alle Wunden gibt's ein kräftig Kraut usw.«

Else war ganz wunderbar zumute; sie fragte den Kräutersammler nun wirklich, ob er ein Mittel gegen das böse Übel ihres Mannes habe und versprach, ihm gern das Zwanzigkreuzerstück dafür zu geben, was sie seit ihrem Konfirmationstage am Halse trug. Der Fremde ging nun mit ihr in das Häuschen, wo Susy schon rüstig aufgeräumt, das Bett des Kranken aufgemacht und die Fenster geöffnet, um dem Staube freie Bahn zu geben, den sie jetzt mit flinker Hand ausfegte. Der Kräutersammler sah ihr wohlgefällig zu. »Ist das Eure Tochter?« fragte er Else, die ihm einen Sessel brachte, den sie zuvor sauber mit der Schürze abgewischt hatte.

»Nein, lieber Herr!« antwortete diese, »es ist meiner Schwägerin Kind aus Böhmen, eine Waise, und erst seit gestern bei uns!«

Mittlerweile hatten Susy und der Ohm den Eintretenden verwundert angeschaut; Susy nahm ihm dienstfertig die schwere Blechkapsel vom Rücken und war so flink und gewandt, das es eine Freude war, ihr zuzusehen. Der Fremde nahm nun aus seiner Büchse ein Büschel grünen, starkriechenden Krautes, hieß Else dies kochen und die lahmen Glieder des Kranken damit waschen, – wollte aber keine Belohnung dafür annehmen und nur ein Stündchen in der Hütte ausruhen. Susy war nun wieder rasch bei der Hand, die Kräuter zu kochen und den Umschlag zu bereiten, und fragte, als sie damit fertig war, was sie nun schaffen solle?

»Kannst du spinnen, mein Kind?« fragte die Base; aber darauf schüttelte das Mädchen den Kopf. »Nun, so will ich es dich lehren«, sagte Else, und aufmerksam trat jene hinzu.

Aber der Fremde sprach: »Ich will das Mädchen eine leichtere Art zu spinnen lehren, als ihr da mit der Spille habt; sie soll bald schneller als ihr, gutes Mütterchen, die volle Weise an die Wand hängen können.« Ungläubig lächelte Else, doch schon nach wenig Stunden kam der Kräutersammler mit einem Spinnrädchen zurück, dessen Gebrauch den armen Köhlerleuten noch ganz unbekannt war, zeigte der aufmerksamen Susy, wie man den feinen Faden um die eiserne Spille rollen müsse und machte ihr dann mit der kleinen schnurrenden Maschine ein Geschenk. Er sagte ihr noch, daß er ihr einen andern Garnhändler zuschicken wolle, der das Garn besser bezahle, und entzog sich dann rasch dem Danke der Familie, die ihren unbekannten Wohltäter im dichten Walde verschwinden sah.

Susy spann vom Morgen bis zum Abend, sang ein böhmisches Liedchen dazu und drehte das Rädchen so flink, daß Else und der Ohm ihr mit Verwunderung zuschauten. Das Garn flog nur so auf die Spule, und niemals riß der Faden der fleißigen Spinnerin. So ging es einige Zeit; der Kräutersammler kam nicht wieder, und auch der fremde Garnhändler, der nun jeden Sonnabend kam, um das Gespinst zu kaufen, kannte ihn nicht, obgleich er sagte, der Kräutersammler habe ihn hierher gewiesen. Mit dem Kranken wurde es von Tage zu Tage besser, bald konnte er die gelähmten Glieder wieder bewegen und erlangte endlich, durch die wunderbaren Heilmittel des fremden Kräutersammlers, seine völlige Gesundheit wieder.

Nun schnitzte und künstelte er so lange, bis er für Else ein ähnliches Rädchen zusammengesetzt hatte, die nun mit ihrem Lieblinge um die Wette spann und jetzt schon jede Woche einige Groschen zurücklegen konnte; so mehrte sich ihr Verdienst. Vater Bieder beschäftigte sich damit, Spinnrädchen zu bauen, da ihm das erste so gut gelungen war, und er konnte gar nicht genug davon fertig machen, so sehr fragte man danach und bezahlte diese neue Erfindung so gut, daß schon eine Art Wohlstand in die arme kleine Hütte einkehrte, durch den Fleiß und die Sparsamkeit ihrer Bewohner.

Jetzt gab es Mutter Else auch nicht mehr länger zu, daß ihr liebes Pflegetöchterchen auf dem Heu schlafe, und sie ging mit der ersparten Barschaft nach der Stadt auf den Jahrmarkt, um ihr heimlich ein Federbett zu kaufen. Aber die kleine Summe reichte dazu nicht aus, und betrübt stand die gute Alte, als ihr plötzlich im dichtesten Menschengedränge der Kräutersammler begegnete. Sie hielt ihn sogleich fest bei der Hand, erzählte ihm, daß ihr Mann gesund geworden sei, und dankte ihm tausendfach für seine Hilfe; eben wollte sie ihm sagen, wie fleißig ihre liebe Susy sei – da war er spurlos vor ihren Blicken entschwunden, und sie hielt statt seiner Hand eine kleine lederne Börse fest, die genau jene Summe enthielt, die ihr zum Ankaufe des Bettes noch gefehlt hatte.

Wer könnte das Staunen, aber auch die Freude der guten Else beschreiben! Sie kaufte nun fröhlich ein, und ein junger Landmann, den sein Weg an Elses Hütte vorüberführte, nahm diese samt dem Federbett mit auf seinen Wagen nach Hause. Susy saß eben am offenen Fenster, drehte ihr flinkes Rädchen und sang eins ihrer vaterländischen Liedchen, als der junge Bauer vor dem Häuschen hielt und verwundert dem hellen Gesange der emsigen Spinnerin zuhörte. Aber kaum bemerkte das Mädchen die Ankunft der Base, als sie fröhlich herausgesprungen kam und sogleich Hand anlegte, das Bett in das Haus zu tragen.

Peter bot freiwillig seine Hilfe dazu an und konnte sein Auge von der flinken, blühenden Dirne kaum mehr abwenden. Seine Pferde mußten lange vor der kleinen Hütte stehen; denn die dankbare Else nötigte ihn in die Stube hinein, und auf seine Bitte mußte Susy das Lied noch einmal singen, in dem sie durch die Ankunft der Base gestört worden war. Als der junge Bauer endlich zögernd Abschied nahm, dachte er, wie glücklich er sein würde, wenn einmal solch eine fleißige, muntere Dirne sein Weib würde. Vater und Mutter waren ihm gestorben, und sein schönes Bauerngut kam ihm jetzt recht einsam und öde vor. – Kurz, nach wenig Wochen ging er in seinem Sonntagsstaat zu dem alten Bieder und warb um Susy. Er war ein guter, ordentlicher Bursche, den das Mädchen wohl leiden mochte, darum erhielt er ihre freudige Zustimmung unter der Bedingung, daß sie ihre liebe Pflegeeltern mit in die neue Heimat bringen dürfe, um sie nun erst recht zu pflegen und ihre Liebe dankbar vergelten zu können.

Darin willigte Peter mit Freuden, und die Hochzeit ward auf das Osterfest festgesetzt. An demselben Tage, wo die arme Susy vor einem Jahre verwaist und trostlos aus ihrer Heimat gegangen war, sollte sie in das neue, schöne Besitztum einziehen, darin ihrer ein sorgenfreies Leben wartete.

Nur *ein* Gedanke verkümmerte Susys Freude über ihr Glück; sie war so gar arm und konnte nicht einmal einige Webe Leinwand, wie es wohl unter den Dirnen Sitte ist, in die neue Wirtschaft mitbringen. So fleißig sie auch gesponnen hatte, immer hatte sie das Garn verkaufen müssen, um den Unterhalt davon zu bestreiten und einen neuen Anzug für sich und die Eltern zu kaufen. Sie war recht traurig darüber und stützte gedankenvoll den Kopf in die Hand; da pochte es leise an die Scheiben des Fensterleins, und der fremde Garnhändler nickte ihr freundlich zu. Als sie aber hinausging, war der verschwunden, und im Hausflur lagen sechs Ballen der schönsten Leinwand; »der fleißigen Susy zum Brautschatz«, stand auf einem Zettel, der darauf lag.

Wer da die überraschte Braut gesehen hätte, wie sie, weinend vor Freude, bald der Base, bald dem Alten um den Hals fiel und wie ein

Kind jubelte, der hätte die Armut um ihr schönes Vorrecht beneidet, aus dem kleinsten Glücke eine Fülle der Freude zu ziehen. – Susy schnitt und nähte nun fleißig; der Garnhändler aber kam nicht mehr wieder. Man gedachte seiner wie des Kräutersammlers mit heißem Danke.

So war der Hochzeitstag herangekommen, der ganz still begangen ward; doch als Susy an der Hand ihres Bräutigams aus der Kirche kam, in anspruchsloser Schönheit, die blühende Myrte im kunstvoll geflochtenen Haar, – als alle Zuschauer Peters Glück priesen, der eine so sittige, gutherzige und fleißige Hausfrau heim führe, – da stand plötzlich der Kräutersammler vor dem Brautpaare und reichte Susy einen frischen, blühenden Strauß, indem er sprach:

»Fleiß, Gottvertrauen und *Demut* sind die beste Aussteuer eines Weibes, mehr wert als *Tausend Gulden* – Dieser Strauß wird nie welken, so lange du diese drei Dinge besitzest, und du wirst dabei glücklich sein.« – Nach diesen Worten zerfloß die Gestalt des Kräutersammlers in Luft, und »*Rübezahl*« scholl es durch die ganze Versammlung, denn der Berggeist und kein anderer war der in wechselnden Gestalten erschienene Freund gewesen.

Der Musterreiter

Rübezahl saß eines Tages oben auf dem Grubenstein, der Rübezahls Kanzel genannt wird, und sah hinunter auf die Welt, und dachte dies und jenes. Da kamen drei Reisende über die Sturmhaube auf die Schneegruben zu, und Rübezahl merkte bald aus ihrem Gespräch, daß es Kaufleute waren, so eine Art von Hausierern, die man heutzutage Musterreiter nennt.

»Worin reiset ihr denn?« fragte der eine; »in Fischtran«, erwiderte der andere; »und ich«, fuhr der erste fort, »reise in Wagenschmiere.« »Ein schöner Artikel«, versetzte der andere; »und ihr, mein Herr?« wandte er sich an den dritten. »In Limburger Käse«, war die Antwort. »Ein beliebter Artikel, – verdrängt den Schweizerkäse, – in Holländischem wird wenig mehr gemacht«, riefen beide wie aus einem Munde.

Rübezahl horchte hoch auf und verstand von alledem kein Wort; daß jemand in Fischtran und Wagenschmiere, ja selbst in Limburger

Käse reisen könne, war ihm völlig unverständlich und unglaublich. Indessen dachte er, du willst doch weiter hören. Aber was hörte er? – Die Reisenden, welche sich jetzt auch auf dem Felsen niedergesetzt hatten, achteten nicht auf den schlicht aussehenden Mann, ließen ihre Schnappsäcke mit Wein und kaltem Wildbrett hinauftragen und waren fröhlich und guter Dinge. Je mehr sie tranken, desto offenherziger wurden sie gegen einander, und Rübezahl erfuhr nun ganz, wes Geistes Kind sie wären. Daß sie wie die Hausierer bei den Leuten herumliefen und ihre Waren anböten, ihre verschiedenen Manieren, mit denen sie ihre Kunden behandelten, alles dies erfuhr er aus ihrem eigenen Munde, und er staunte über die Dreistigkeit der Burschen. Einer von ihnen meinte, je unverschämter man sei, desto mehr setze man durch, und je feiner gebildet die Leute wären, desto mehr müsse man sie bestürmen, weil sie dann in der Regel das Mittel ergreifen, lieber etwas zu kaufen, um sie los zu werden.

Wie sind nur die Leute so blind, dachte Rübezahl, daß sie sich von der großtuerischen Rolle verblenden lassen, die solche Burschen spielen. Denn wenn sich diese Musterreiter so üppig und verschwenderisch benehmen, so liegt es ja auf der Hand, daß die Käufer zuvor tüchtig gerupft werden müssen, ehe so viel unnötiger Aufwand bestritten wird. – Rübezahl mochte endlich ihre prahlerischen Reden nicht länger anhören und verließ den Felsen.

Nun gingen auch endlich die Reisenden weiter, bergab nach dem Elbfall zu; aber das schöne Wetter änderte sich plötzlich, ein dichter Nebel umzog den ganzen Kamm, und die drei Musterreiter gingen in lauter Wolken, was sie sehr in üble Laune versetzte, denn dem einen verdarb die Feuchtigkeit den zierlichen Lockenbau, dem andern wurden die Vatermörder und Manschetten weich, der dritte machte seine Stiefel von feinem Glanzleder auf dem schlüpfrigen Wege schmutzig. Aber ihr Unmut stieg gewaltig, als der Führer nun gar die Richtung verlor und sie zwischen Sumpf und Fichten, Steinblöcken und Heidekraut, kreuz und quer herumführte. Endlich kam die übel gelaunte Gesellschaft an einen Fluß, den man wegen des dichten Nebels nicht übersehen konnte; ein Mann von abenteuerlichem Ansehen vertrat ihnen hier den Weg, schöpfte mit einem Glase aus dem Flusse, bot ihnen dasselbe dar und sagte: »Ihr müßt Bescheid tun, ihr Herren.«

Der eine setzte das Glas an den Mund, roch und sagte: »Das ist ja Fischtran.« – »Nun ja«, versetzte der Mann, »und eben darum müßt ihr Bescheid tun, sonst kommt ihr nicht von der Stelle.«

»Das ist euer Artikel«, sagte der Reisende und reichte das Glas dem Gefährten. Der aber mochte nicht, schüttelte sich und sagte, er sei kein Grönländer und auch kein Schuhleder, so etwas trinke er nicht.

»Nun«, erwiderte der fremde Mann mit schrecklicher Stimme, »ihr reiset ja in Fischtran, und wenn ihr nicht trinkt, so kommt ihr nicht lebendig hier weg, es ist euer letztes.« – »Kollege, trinkt!« schrie der dritte in Verzweiflung, und die Angst preßte ihm Tränen in die Augen.

Der arme Reisende drückte die Augen fest zu, schüttelte sich ein paarmal, dann schluckte er herzhaft – und leer war das Glas. Jetzt hob sich der Nebel ein wenig, und da auch der fremde Mann zur Seite trat und zwischen dem Gestein verschwand, sahen die Reisenden dicht vor sich einen Steg, der sie sicher über den Bach brachte. Schon glaubten die Musterreiter, nun außer aller weitern Gefahr zu sein, denn sie hörten das Rauschen des Elbfalls ganz in der Nähe; aber mit einem Male senkte sich der Berg zwischen Felsen hinunter in eine grausige Tiefe, und jenseits starrten wieder senkrechte Wände von Felsen empor. Sie kamen nun unten an einen Fluß, der ganz langsam seine schwarzen Wogen heranwälzte, und dabei hing eine Tafel mit der Inschrift: »Durch!«

Der eine Reisende stieg zuerst hinunter, tastete, roch und sagte: »Das ist ja Wagenschmiere, sind wir denn bezaubert und verhext?«

»Ei nun, das ist ja euer Artikel, und ihr müßt zuerst hindurch, oder wir werfen euch in die schwarze Suppe und gehen über euern Rücken, wie über eine Brücke.«

Das wollte allerdings dem Reisenden nicht in den Kopf, aber hier galt Gewalt vor Recht, und da er sah, wie hier nicht anders los zu kommen sei, schritt er in Verzweiflung hinein in den abscheulichen Strom, – die andern folgten ihm langsam nach. Endlich standen sie alle wieder am jenseitigen Ufer und befanden sich nun in der Nähe desselben sonderbaren Mannes, der ihnen den Trunk aus dem Fischtranflusse gereicht hatte. Er stand an den Felsen gelehnt und lachte auf das boshafteste, indem er sagte: »Nun seid ihr saubern Gesellen doch auch einmal angeschmiert und mögt jetzt eures Weges ziehen; vielleicht vergeßt ihr die erhaltene Lehre nicht zu geschwind und hütet euch, andere in eurer Weise anzuschmieren.«

Damit ging der fremde Mann in den Wald hinein. Der Weg, auf dem die Reisenden sich jetzt befanden, war nun wieder breiter und ebener, und der Führer sagte, nun sei er auf bekanntem Pfade. Wirklich sahen sie auch bald, da sich jetzt der Nebel hob, die Hütten von Schreiberhau auf sonnigen Matten vor sich liegen. Dorthin hatten sie ihre Wagen bestellt, und bald saßen sie, besonders der dritte, ihrer Meinung nach, allem Ungemach entronnen, in den weichen Kissen und fuhren getrost nach Warmbrunn hinab. Im Gasthofe zur preußischen Krone stiegen sie ab, wo eben eine große Gesellschaft unter dem Leinwanddache saß und Kaffee trank. Die Musterreiter zupften geschwind Halstuch und Manschetten zurecht, fuhren durch die in Unordnung gekommenen Haare und gaben sich das möglichst zierlichste Ansehen, während sie durch die Damenreihe gingen.

Diese wendeten sich jedoch mit allen Zeichen des Ekels von den Reisenden ab und nahmen ihre Taschentücher oder ihre Flacons vor die Nase. »Ei der Tausend, wie siehst du denn aus?« fragten die beiden Reisenden den dritten, als sie in das Gastzimmer traten, »und, o pfui – wie duftest du?«

Wie erschrak der Angeredete, als er, schleunigst seinen Rock, ausziehend, bemerkte, daß dieser sehr unsauber aussah, denn statt auf Wagenkissen hatte er in seinem Artikel – in Limburger Käse gesessen! –

Das war ein arger Spaß, den Rübezahl mit den drei Musterreitern angezettelt hatte, möchte er nur auf eine gute Weile geholfen haben. Wenn der Berggeist jetzt noch spukte, so fänd' er alle Hände voll zu tun; es reisen gar wunderliche Leute ins Hochgebirge.

Mecker-Friede

In Schmiedeberg lebte einmal ein Bursch, der hieß Mecker-Friede, war ein wüster Gesell und peinigte alle Leute, darum mochte ihn auch niemand in Dienst nehmen. Er ging also unter die Soldaten, und trieb es da eben auch nicht besser; es war gerade der dreißigjährige Krieg, und er konnte nun recht ungestraft seine schlimmen Neigungen verfolgen.

Rübezahl hatte oft arme Leute über ihn jammern hören, denn wo es etwas zu plündern und zu mißhandeln gab, da war Mecker-Friede gewiß dabei, Aber er kam nicht ins Gebirge, wohl aber nach einer Schlacht als Invalide in das Spital nach Schmiedeberg. Es war nun des abgedankten Soldaten größter Stolz, seine Tapferkeit zu rühmen, und er sagte oft: »Nun müssen sie mich doch noch im Grabe ehren und dreimal über meinen Sarg schießen.«

Der also war jetzt gestorben, und es tat keinem leid; aber mit militärischen Ehren mußte er doch begraben werden, und die Landsknechte kamen mit ihren Lanzen und Feuerröhren, um ihn zu Grabe zu tragen, voran der Trommler mit dem gedämpften Kalbfell. Im Hausflur des Hospitals aber standen zwei Särge, denn es war auch zugleich eine alte Spittelfrau gestorben und sollte auch zur Ruhe gebracht werden. Wie die Soldaten alle bereit sind, zeigt der Spitalvater auf einen der Särge und sagt: »Der ist's!«

Den nehmen nun die Landsknechte auf ihre Schultern, der Trommler wirbelt tüchtig, und hinter dem Sarge gehen die Soldaten mit ihren Gewehren. Auf dem Kirchhofe hält der Pfarrer eine Standrede: wie der Selige nun von seinem irdischen Posten abgelöst und nun ohne sein Verdienst und Würdigkeit in den Himmel gekommen sei. Dann schießen die Krieger dreimal über das Grab, und der Trommler schlägt dazu auf das Kalbfell, daß eine Gänsehaut alle andächtigen Zuschauer überläuft; darauf geht jeder nach Hause.

Der Pfarrer begibt sich nun nach dem Spital, um die alte Anne Rosine zu holen. Da haben sich schon viele Gevatterinnen und Kaffeeschwestern versammelt und folgen dem Sarge mit großem Wehklagen. Nach der Einsegnung wird dieser nach damaliger Sitte noch einmal geöffnet, damit die guten Frauen ihre liebe Freundin zum letzten Male sehen können; aber plötzlich wird ein Schrei des Entsetzens gehört, und die ganze Grabbegleitung läuft wie toll und rasend vom Kirchhof herunter, denn im Sarge liegt niemand anders, als der alte Mecker-Friede, der Kriegsknecht, starr und steif im ledernen Koller, mit der Pickelhaube und dem Schwert an der Seite.

So hatten die Träger den unrechten Sarg erwischt und über der alten Anne Rosine feierlich geschossen und getrommelt. – Die Versammlung aber meinte, das sei nicht mit rechten Dingen zugegangen, Rübezahl habe dem Mecker-Friede noch im Tode etwas angetan, damit sich die kriegslustige Jugend daran spiegle und auch als Soldat die Menschlichkeit nicht vergesse. Das glaubte man auch bald allgemein, gewiß aber wußte es keiner.

Denn Freund Rübezahl, sollt ihr wissen, ist geartet wie ein Kraftgenie, launisch, ungestüm, sonderbar, bengelhaft, roh, unbescheiden, stolz, eitel, wankelmütig, heute der wärmste Freund, morgen fremd und kalt; nach der Stimmung, wie ihn Humor und innerer Drang jeden Augenblick empfinden läßt.

Die Anleihe

Ein Bauer war mit seinem Weibe und sechs Kindern so verarmt und durch mancherlei Unglücksfälle herunter gekommen, daß er oft nicht wußte, wo er Brot für die Seinigen hernehmen sollte.

Eines Tages sagte er zu seiner Frau: »Du hast ja im Gebirge reiche Vettern; ich will hin, vielleicht lenkt Gott einem unter ihnen das Herz, daß er mir hundert Taler auf Zinsen leiht; mit diesem Gelde könnten wir uns aus unserer großen Not wieder aufhelfen.«

»Das gebe Gott!« sagte diese mit schwacher Hoffnung, denn sie kannte ihre Vettern, die nach ihr und den ihrigen niemals gefragt hatten. Am andern Morgen sehr früh machte sich der Bauer auf den Weg, und schritt rüstig den ganzen Tag zu, bis er am Abend müde und matt zu den Vettern kam, und ihnen mit Tränen seine Not klagte, und um ihre Hilfe flehte. Aber überall wurde er mit harten, bittern Worten abgewiesen, und mußte viel spitzige Reden hören, von leichtsinnigen Wirten, und wie der in Not habe, der in der Zeit spare, und was dergleichen Dinge mehr.

Traurig und niedergeschlagenen Herzens machte er sich auf den Rückweg, und als er wieder ins Gebirge kam, überfiel ihn Gram und Angst mit großer Gewalt. Er hatte den Arbeitslohn von zwei Tagen verloren, und fühlte sich so entkräftet, daß er wohl auch am dritten Tage nicht würde arbeiten können. Zu Hause aber erwarteten ihn das abgehärmte Weib und die hungrigen Kinder, und er brachte ihnen nur leere Hände! – kein Geld, kein Brot, o wie sollte sein Herz den Jammer ertragen!

Der arme Mann sann hin und her, wie er Wohl Hilfe schaffen könne. Da fielen ihm die Geschichten vom Berggeiste ein. »Ich will mich an ihn wenden«, sagte er, »vielleicht daß meine Bitten Gehör finden.« Darauf rief er »*Rübezahl! Rübezahl!*« und alsbald stand ein rußiger Köhler mit einem mächtigen Schürbaum in der Hand vor ihm, der einen wilden, struppigen Bart und glühende Augen hatte. Der Bauer zweifelte keinen Augenblick, daß dies der Berggeist sei, und faßte all seinen Mut zusammen, um sein Anliegen vorzubringen.

»Ich habe euch nicht aus Mutwillen gerufen«, begann er, »sondern aus Not und Verzweiflung. Zu euch, lieber Herr vom Berge, habe ich das Zutrauen, daß ihr mir aus meiner Angst helfen werdet.« Und nun erzählte er ihm von seinem Weibe und seinen Kindern, sowie von den unbarmherzigen Vettern, und bat nun ganz treuherzig, Rübezahl solle ihm die hundert Taler leihen, die er in drei Jahren mit Zinsen zurückzahlen wolle; dann sei ihm aus aller Not geholfen. –

»Wie? treibe ich Wucher?« fragte der Berggeist zornig, »gehe zu den Menschen, deinen Brüdern, und borge bei denen, so viel du bekommen kannst; mich aber lasse in Ruhe, und rufe mich nicht wieder, wenn dir dein Leben lieb ist.«

Der Bauer ließ sich aber durch diese harte Rede nicht abschrecken, und schilderte den Jammer und die Not seiner Familie auf das rührendste. »Wollt ihr mir nicht helfen«, setzte er traurig hinzu, »so erzeigt mir wenigstens die Wohltat, mich mit eurer Schürstange tot zu schlagen, damit ich nur nicht länger die Not der Meinigen sehe, der ich nicht abhelfen kann.«

Rübezahl sah den Bauer mit großen Augen an, hob dann die schwere Stange hoch in die Luft und schien ihn mit einem gewaltigen Streiche zerschmettern zu wollen. Da er aber dem Schlage nicht auswich, hielt er inne und hieß den Bauer ihm folgen. Nun ging es waldeinwärts durch dichtes Gesträuch, bis sie in ein enges Felsental kamen, an dessen Ende sich eine finstere Höhle befand, in die kein Strahl des Tageslichts drang. Nur kleine blaue Flämmchen sprangen jetzt aus dem Boden auf und beleuchteten schauerlich die schwarzen Steinwände. Die Höhle enthielt außer einem eisernen Kasten nur eine offene Braupfanne voll blanker, neugeprägter Taler; »da nimm dir das Geld, was du brauchst, und wenn du schreiben kannst, magst du mir einen Schuldschein darüber ausstellen«, sagte Rübezahl, und holte aus dem Kasten Papier und

Schreibzeug hervor, wobei er sich um, den Bauer gar nicht zu bekümmern schien, der indessen mit großer Gewissenhaftigkeit hundert Taler abzählte und auch nicht einen darüber nahm. Dann schrieb er den Schuldschein, so gut er vermochte, und Rübezahl schloß diesen in den eisernen Kasten.

»Geh nun.« sagte der Berggeist, »und nütze das Geld gut; merke dir auch den Eingang in dies Felstal und vergiß den Zahlungstag nicht; ich bin ein gar strenger Schuldherr! Da hast du auch noch etwas für deine Kinder, was nicht auf dem Schuldschein steht«, – und mit diesen Worten tat er einen tiefen Griff in die Braupfanne; der erfreute Vater konnte das reiche Geschenk kaum mit beiden Händen fassen.

Dankbar verließ er nun den Berggeist und fand auch glücklich aus dem engen Felsentale heraus, suchte sich den Eingang genau zu merken und ging, von der Freude gestärkt und beflügelt, seiner Heimat rüstig zu.

Sein Weib saß traurig am Ofen, als er in die Stube trat; sie wußte, wie wenig die Armut auf reiche Anverwandte rechnen dürfe und hatte kaum den Mut, ihren Mann anzusehen, aus Furcht, die vereitelte Hoffnung auf seinem Gesicht zu lesen. Wie schlug ihr aber das Herz vor frohem Schreck, als der Bauer den Quersack öffnete und daraus Fleisch und Wurst, Weißbrot und Brezeln für die Kinder nahm, was er in der Stadt für sie gekauft hatte. »Deine Vettern«, sagte er zu der erstaunten Frau, »haben mich nicht nur sehr freundlich aufgenommen, sondern mir auch bereitwillig das Geld geliehen, um was ich sie gebeten.« Da staunte das Weib noch mehr und pries in ihrem Herzen den guten Gott im Himmel, der die Herzen der Menschen lenkt wie Wasserbäche.

Nun kam ein neues Leben in die gesunkene Hauswirtschaft des Bauern. Es ward guter Same gekauft, der Acker ordentlich bestellt und noch zwei Kühe angeschafft; es lag ein sichtliches Gedeihen auf dem Gelde des Berggeistes, und bald vermehrte sich das Gut um eine schöne Wiese, ein Weizenfeld um das andere. Man fand nun weit und breit keinen fleißiger bearbeiteten Acker, nirgends schöneres und nutzentragenderes Vieh, und der tätige Wirt konnte schon bares Geld zurücklegen.

So war indes der Zahlungstag herangekommen. Da sagte eines Tages der Bauer zu Frau und Kindern: »Zieht nur eure besten Kleider an, der Hans mag die Pferde anspannen, wir wollen den Vettern das Geld selbst wieder heimbringen, was sie mir vor drei Jahren geborgt haben.« Das war keine geringe Freude für die Kinder, und auch der Mutter war es lieb, daß sie nun ihren Wohlstand den guten Vettern würde zeigen können. Als sie nun ins Riesengebirge kamen, ließ der Bauer an einem schönen Punkte den Wagen halten und stieg mit den Seinen aus, teils um es den Pferden leichter zu machen, wie er sagte, teils auch um den Kindern einen schattigen Weg zu zeigen. Es fiel aber allen auf, daß der Vater sich immer sorgfältiger umschaute, je tiefer sie in den Wald kamen, und die Frau fragte daher besorgt: »Wir sind wohl vom rechten Wege abgekommen?«

Da erzählte er ihr und den Kindern erst, wie schnöde die Vettern ihn abgewiesen hatten, dagegen aber der Berggeist sich seiner erbarmt und ihm geholfen habe. Anfänglich erschraken sie, als sie hörten, daß Rübezahl dem Vater das Geld geliehen, aber da dieser ihnen vorstellte, wie glücklich, der gefürchtete Berggeist sie alle gemacht habe, verlor sich allmählich jede Bangigkeit.

Darauf ging der Bauer ganz allein weiter, um den Eingang in das Felsental aufzusuchen; aber obgleich er genau wußte, daß er an der rechten Stelle war, konnte er ihn doch nicht mehr finden. Er schüttelte das Geld im Beutel, damit Rübezahl erscheinen möchte und er ihm das geliehene Geld zurückstellen könne, aber es erschien niemand. Er irrte hin und her, von dem Gefühle getrieben, Wort halten und seinen Dank aussprechen zu müssen. Es war, als ob eine unsichtbare Macht ihm die Augen trübe mache und seine Sinne verwirre, sobald er glaubte, den rechten Ort gefunden zu haben. Und dabei packte ihn dann eine Angst, daß der Geist, der ihm so aus der Not geholfen, auch erzürnt werden könne, wenn er nicht nach seinen Befehlen handelte. Ganz niedergeschlagen kam er endlich zu seiner Frau und den Kindern zurück, setzte sich zu ihnen und wartete viele Stunden lang. Er rief den Berggeist in seiner Ungeduld selbst mit dem Namen, mit dem er sich selten ungestraft nennen ließ, und da Rübezahl auch darauf nicht erschien, beschloß er, daß Geld unter ein Felsstück zu legen, dort werde es der Herr der Berge schon finden, dachte er. Eben als er diesen Entschluß ausführen wollte, erhob sich ein heftiger Wirbelwind, Staubwolken und dürres Laub flog von dem Wege auf, und die Kinder haschten aus Langerweile nach einem Blatte Papier, was vom Winde immer an ihren Füßen hin und her gejagt wurde.

Einer der Knaben warf endlich seine Mütze darauf, und da es ein so schönes weißes Papier war, brachte er es dem Vater. Wie sehr erstaunte dieser aber, als er seinen eigenen Schuldschein erkannte, unter welchem mit großen Buchstaben geschrieben stand: »*Zu Dank bezahlt.*«

»Nun weiß doch mein Wohltäter, daß ich ehrlich Wort gehalten habe und meine Schuld dankbar abstatten wollte«, rief der Bauer voll Freude, »und das ist mir weit lieber, als das geschenkte Geld. Auf den Rübezahl aber soll mir nur einer ein Wort reden, der hat's mit mir zu tun; ohne ihn wäre ich vergangen in Not und Trübsal. Er wird sich wohl seine Leute ansehen und wen er wirklich für gut und strebsam hält, dem hilft er auch, und hat er jemand einmal einen bösen Schabernack gespielt, so wird das auch wohl seinen guten Grund jedesmal gehabt und schon manchen mag er durch Neckereien auf den rechten Weg geführt haben.«

Jetzt wollte er den Wagen aufsuchen und wieder heimfahren, aber die Frau bat so lange, bis er mit ihr zu den geizigen Vettern fuhr, um diese für ihre Hartherzigkeit recht zu beschämen. Aber als sie in das Dorf kamen, waren diese nicht mehr zu finden; der eine war durch einen bösen Fall in jahrelanges Siechtum verfallen, nach und nach auch in Armut und Not geraten, der andere aber einer niedrigen Betrügerei wegen mit Schimpf und Schande von seinem Gehöft vertrieben worden. Niemand im Dorf sprach gern von ihnen, ihr Andenken war fast ganz vergessen.

Hochmut und Unbarmherzigkeit kamen bei ihnen vor dem Fall; unser Bauer aber blieb arbeitsam und einfach, führte ein stilles, friedliches Leben und half überall seinem Nächsten gern. Dafür wurde er täglich mehr geliebt und verehrt in der ganzen Gegend, und sein Wohlstand mehrte sich täglich. Seine Nachkommen leben noch im Gebirge.

Der Wundertaler

In einem Dörflein des Riesengebirges war Kirchweih; ein Fest, welches die Landleute feiern, wenn sie den Segen der Felder in die Scheuern gesammelt haben und der Herbst die gelben Blätter von den Bäumen schüttelt. Da gibt es denn auch in der ärmsten Hütte einen Fest- und Freudentag; die Arbeit ruht, das kleine Stübchen ist sauber gescheuert und ausgeputzt, und die Hausfrau backt derbe, braune Kuchen, wozu die Körner oft mühevoll während der Ernte auf den Feldern zusammengelesen sind. Da sitzt der wohlhabende Landmann an dem überreich besetzten Tische, mit Freunden und Verwandten von nah und fern, und bespricht bei braungesottenen Karpfen und äpfelgefülltem Gänsebraten Viehstand und Ackerbau.

In den armen Häuschen der Tagelöhner geht es weniger hoch her, aber doch steht auf jedem Tische der festliche Birnenkreen (Backobst und geriebener Meerrettich, als kalter Brei), nach dem die Kinder sehnsüchtig hinblicken, indessen die Mutter die Schwarzmehlkuchen aufschneidet und wohl gar der Kaffee am Herde brodelt. Der Vater sitzt im weißärmlingen Hemd und in der buntgeblümten Manchesterweste vor der Tür, raucht aus seinem braunen Tonkopfe und breitet sich das blaugedruckte Schnupftuch über die Knie, um die schwarzlederne Beinbekleidung zu schonen. Am Abend versammelt sich jung und alt im Wirtshause, tanzt oder zecht in der mit Tabaksrauch erfüllten Stube und im Hausflur würfeln die Kinder um Pfefferkuchen und Mehlweißchen.

Ein solches Fest war nun in Quirl, einem anmutigen Dorfe im Riesengebirge, und die Musikanten bliesen eben durch das Dorf, da gab die Mutter dem kleinen Friedel ein großes Stück Kuchen, band ihm das Halstuch zurecht und steckte ihm ein Pfennigstück in die Tasche.

Friedel wollte zur Musik gehen und dabei einmal würfeln. An der Straße saß Kunz, des Nachbars Sohn, der hatte einen ganzen Beutel voll Geld, das ihm die Gäste seines Vaters geschenkt hatten, und wohlgefällig, ließ er es vor den Ohren klingen. Das war ihm lieber als die schönste Musik.

»Sieh einmal, Friedel«, rief er dem kleinen Spielgefährten zu, »das Geld ist alles mein; ich nehme aber keinen Groschen davon weg, spare mir noch viel mehr dazu und kaufe mir ein schönes Bauerngut, wenn ich groß bin.«

Da zog Friedel sein Geld auch hervor und meinte: »Wenn ich auch nicht gerade so reich bin, wie du, so will ich mir auch kein Bauerngut kaufen, sondern einen Pfefferkuchenmann und davon sollst du ein Stück haben, Kunz.«

Als die Knaben so mit einander redeten, kam ein Schubkärrner im Dorfe herunter, ein alter, schwacher Mann, der hatte einen großen Hund mit Stricken vor das schwer beladene Fuhrwerk gespannt, und das arme Tier lechzte vor Müdigkeit und Hunger. Da der Alte ausruhte, streckte sich der Hund in den Staub des Weges nieder und winselte.

»Was fehlt denn dem armen Tiere?« fragte Friedel mitleidig und trat näher zu dem Kärrner, indessen Kunz geschwind seinen Geldbeutel versteckte.

»Er ist hungrig und müde«, meinte kurz der Alte.

»Ach da laßt mich ihm meinen Kuchen geben«, bat Friedel, indem er das schwarze Backwerk in Stücke brach und den Hund streichelte. Das arme Tier verschluckte hastig den dargebotenen Kuchen und wedelte mit dem Schwanze. Darüber freute sich der kleine gute Bursche so sehr, als hätte er selbst den Kuchen gegessen, obgleich er doch ganz leer ausgegangen war.

»Du tust da dem armen Tiere Gutes«, sagte der Alte, »vielleicht bist du auch gegen mich mitleidig, ich bin müde und durstig und ein Trunk Bier würde mir wohl tun, aber ich habe keinen Pfennig dazu.«

»Nun, dazu kann ich Rat schaffen«, sagte Friedel gutmütig und zog sein Geldstück aus der Tasche. »Kauft euch ein Glas Bier dafür, es ist heut Kirmeß im Dorfe.« Kunz hatte sich indessen heimlich weggeschlichen. –

Ein freundliches Lächeln zog über das Gesicht des alten Mannes, dann sah er dem Knaben nach, der eilig die Straße hinunterlief, und fragte: »Warum verläßt dich denn dein Spielkamerad so geschwind, und was versteckte er vor mir?«

»Ach, laßt nur den Kunz laufen, der kann euch doch nichts geben; seht nur, er braucht selbst noch viel, bis er sich Haus und Acker kaufen und ein reicher Bauer werden kann.«

»Und was wolltest du mit deinem Gelde machen?« fragte der Alte.

»Ei nun, einen Pfefferkuchenmann kaufen; aber es ist mir viel lieber, wenn ihr ein Glas Bier dafür trinkt!«

»Du bist ein guter Junge!« rief der Fremde lachend; »komm und zeige mir nun den Weg zum Wirtshause, ich bin hier fremd.« Friedel ging neben dem Karren her; da zerrissen die schlechten Stricke, in welche der Hund gespannt war, und geschwind wie der Wind lief dieser davon, ins Weite. »Lasset ihn doch«, bat Friedel den Alten, der dem Hund nachlaufen und ihn tüchtig durchprügeln wollte, »ich will Hand anlegen durchs Dorf, und euer Sultan wird schon wiederkommen.« Dabei nahm er die Stricke in die Hand und zog so rüstig an dem schweren Karren, daß es geschwind weiter ging.

Am Wirtshause ward haltgemacht, und indes der Alte sein Bier trank, kam Kunz herbeigeschlichen und sagte: »Du bist ein rechter Narr, Friedel, gibst dein Geld dem alten Säufer und kannst dir nun keinen Pfefferkuchen kaufen.«

»Dafür habe ich dem alten Mann eine viel größere Freude gemacht«, antwortete dieser, »und hätt' ich mehr Geld, so wollt' ich's ihm gern gönnen, daß er sich eine Güte täte.«

Kunz ging verdrießlich hinweg, denn hätte Friedel noch Geld gehabt, um einen Pfefferkuchen zu kaufen, so hätte er ihm gewiß ein Stückchen davon gegeben; nun ging er lüstern um den Tisch herum, wo diese feilgeboten wurden, und endlich siegte die Begierde über den Geiz – er kaufte sich selbst einen kleinen Pfefferkuchen, an den er zehn Pfennige wendete. Als er aber hinein beißen wollte, biß er immer in die Luft, und obgleich der Kuchen immer kleiner wurde, je öfter er versuchte, ein Stück davon zu genießen, so bekam er doch nie davon etwas in den Magen. In der Tür der Schenkstube aber stand der alte Kärrner und wollte sich halb tot lachen über das ängstliche und doch auch wieder böse Gesicht Kunz', dem nun ganz unheimlich zu werden anfing. Er bestand darauf, daß ihm die Verkäuferin einen andern Pfefferkuchen geben müsse, weil er für sein Geld eigentlich nichts bekommen hätte, und diese, die den Knaben für trunken hielt, zog ihn auch anfänglich noch mehr auf; endlich aber wurde sie ungeduldig und gab ihm einige derbe Ohrfeigen.

Eine Menge Kinder versammelten sich nun während des Streites um den Pfefferkuchentisch, und alle lachten Kunz aus, der zornig und beschämt das Wirtshaus verließ.

Friedel wollte ihm nachlaufen und ihm Trost zusprechen, aber da rief ihn der Alte und bat, er möge ihm doch den Weg nach Buchwald zeigen, wo er noch vor Abend hinkommen müsse. Es dunkelte schon, und da auf alles Rufen und Pfeifen des Kärrners der Hund nicht wieder zurückkam, spannte sich Friedel wieder vor das Fuhrwerk und zog, was seine Kräfte erlaubten. Das Gesicht des alten Mannes ward dabei immer freundlicher, und als sie an das Dorf kamen, dankte er dem Knaben, hieß ihn umkehren und gab ihm ein großes Silberstück, dessen Wert Friedel aber nicht kannte, mit den Worten:

»Wenn du dies recht anzuwenden verstehst, wirst du reich und glücklich dadurch werden.« Dann schob er seinen Karren rasch weiter, und als Friedel ihm nachlief, um sich zu bedanken, war er spurlos verschwunden.

Das war ein drolliger Kauz, dachte Friedel, und ging mit großen Schritten nach Hause. Es war ihm ziemlich warm geworden bei der ungewohnten Anstrengung, aber jetzt blies der Herbstwind scharf, und der kleine Bursche hatte kein Jäckchen an, so daß er froh war, als er über den Steg ging, an dessen Ende das Häuschen seiner Eltern stand. Aber da saß ja Kunz noch immer ganz traurig und mit verweinten Augen; Friedel war ganz mitleidig, gab ihm die Hand und sagte: »So sei doch nicht gar so betrübt um den dummen Pfefferkuchen und der paar Püffe willen, die du bekommen hast.«

»Ja«, murrte Kunz, »du bist auch schuld daran, denn kein anderer als der tückische Alte hat mir den Possen mit dem Pfefferkuchen gespielt. Warum mußt du auch allem Bettelvolk nachlaufen!«

»Glaub doch nicht solch närrisches Zeug, Kunz«, sagte Friedel, »der alte Mann war gewiß nicht boshaft; sieh einmal, was er mir da für ein blankes Spielzeug geschenkt hat.«

Kunz war sogleich aufmerksam, denn der Neid und die Habsucht regten sich in ihm. Er erkannte sogleich, das es ein Taler war, was Friedel für ein Spielzeug hielt, und dachte Vorteil von seiner Unwissenheit zu ziehen.

»Das könntest du mir schenken, wenn du ein guter Junge wärst, wie die Leute immer sagen«, schmeichelte er; »ich will dir auch etwas von meinem Gelde dafür geben.«

»Behalte doch dein Geld, ich will dir das Ding ja lassen; nun mußt du aber auch nicht mehr traurig sein, sondern wieder ein fröhliches

Gesicht machen.« Das ward dem Kunz jetzt gar nicht schwer, und so spielten die beiden Knaben noch ein Weilchen, dann gingen sie nach Hause. Friedel dachte gar nicht mehr an den alten Mann, am wenigsten aber erzählte er den kleinen Vorfall seinen Eltern, denn er wußte es aus der Kinderlehre, daß man damit nicht prahlen dürfe, wenn man seinen Nebenmenschen Gutes getan oder ihnen Hilfe geleistet habe.

Es ging aber seit jener Zeit das Gerücht im Dorfe, daß der Vater Kunz' einen Schatz gefunden haben müsse, denn sein Reichtum vermehrte sich alle Tage. Er kaufte die Scholtisei und ward nun der Schulze des Dorfes; aber in gleicher Weise, wie sein unermeßlicher Reichtums, nahm auch sein Geiz zu. Kunz durfte mit Friedel nun nicht mehr spielen, dessen Vater ja nur ein armer Tagelöhner war; darüber verging die Zeit. Viele Jahre waren vorüber, Friedel war ein fleißiger Mann geworden, bewohnte nur das kleine Häuschen seines Vaters, der tot war, und ernährte durch den Ertrag des kleinen dazu gehörigen Ackers seine alte Mutter. Kunz war nun auch an Stelle seines Vaters Schulze geworden und hatte das schönste Gehöft, den reichsten Viehstand im ganzen Dorfe. Aber er hatte keine Freude daran; die aufsteigende Gewitterwolke ängstete ihn, denn sie konnte ja seine Felder verheeren; in der Nacht floh der Schlaf sein Auge, denn Räuber konnten einbrechen und seine zusammengehäuften Schätze fortschleppen. Darüber ward er krank und schlich wie ein Schatten umher; das Gesinde haßte und fürchtete ihn, und er wiederum traute niemand; daher hielten ehrliche Leute in seinem Dienst nicht aus, und er hatte allerlei Ärger, der ihm das Leben verbitterte.

So kam er zu keiner Lebensfreude und beneidete den lustigen Friedel oft, wenn der hinter dem Pfluge hinaus aufs Feld zog und dabei pfiff oder sang, der gesund und rüstig war, und dem jedermann treuherzig die Hand schüttelte, wenn er durchs Dorf ging.

Da ward der junge Bauer einmal tief in der Nacht zum Schulzen gerufen, der seit einigen Tagen gefährlich krank war. In der spärlich erhellten Kammer fand er den armen, reichen Mann bleich und elend, dem Tode nahe. Er streckte Friedel die abgemagerte Hand entgegen und sagte matt: »Ich fühle, daß ich sterben muß und habe dich rufen lassen, weil ich großes Unrecht gegen dich auf dem Herzen habe. Erinnerst du dich noch des Geldstückes, was dir, wie wir beide noch Kinder waren, ein alter Mann geschenkt hatte? Ich betrog dich darum, denn es war ein Taler, und du hieltest ihn, für ein Spielzeug, und ich lief freudig damit zu meinem Vater, dem ich erzählte, ich hätte ihn gefunden. Am andern Tage betrachtete ich mir wieder das Geldstück und erschrak freudig, als ein zweiter Taler dabei lag, und so oft ich nachsah, war immer wieder ein neuer dazu gekommen. Das ist ein Wundertaler, sagte mein Vater, und verbot mir, ein Wort davon zu reden. Von der Stunde an vermehrte sich unser Reichtum, denn wir hüteten uns wohl, den Wundertaler auszugeben, aber der Geizige hat keinen Genuß davon, wenn er auch Berge Goldes um sich anhäufen könnte. – Auch ich habe von dem unrecht erworbenen Reichtume keine Freude gehabt; ich ward ein harter, böser Mensch, den niemand liebte; das Geschenk jenes Alten, der, wie ich längst merkte, Rübezahl war, ist mir zum Fluch geworden, denn mit mir ist es nun vorbei. Es ist mir mit meinen erworbenen Schätzen gegangen, wie damals mit dem Pfefferkuchen, ich habe nichts davon wirklich genossen, so gierig ich auch danach war. Nun ist alles dein, dem es von Anfang an bestimmt war, du wirst einen besseren Gebrauch davon machen und Gutes tun, wo ich nur Übles getan habe. Ich bin verarmt an inneren Schätzen, inmitten des ungerechten Mammons, und darbe nun an jeder Hoffnung.« – Ein heftiger Husten unterbrach seine Worte; er reichte mit zitternder Hand Friedel den Schlüssel zu dem Gewölbe, worin er seinen Reichtum aufgehäuft hatte und verlangte den Zuspruch des Pfarrers. Dann erklärte er Friedel gerichtlich zu seinem Erben und starb in dessen Armen, beweint von dem Redlichen.

Friedel warf den unheilvollen Wundertaler in den tiefen Waldstrom, er hatte eine Scheu, denselben, der bei Kunz so viel Unheil angestiftet hatte, zu behalten; war es ihm doch auch ohne den Wundertaler gut ergangen und stand sein Sinn nicht am meisten nach Geld und Gut. Er verwendete einen Teil des geerbten Geldes zu milden Stiftungen, bezog aber nun mit seiner Mutter das große, schöne Gut. Aber auch dort betrachtete er sich nur als Verwalter der Besitzung, war gut und mildtätig und die Zuflucht aller Bedrängten und Notleidenden. Keiner ging ungetröstet von seiner Schwelle, und so verwandelte sich der Unsegen in Segen, die Felder trugen reiche Frucht, seine Arbeiten gelangen, und bald, geliebt von allen, ward Friedel nun der neue Schulze des Dorfes.

So hatte er denn reichlich Gelegenheit, das Gute zu fördern, und oft, wenn er nach einem redlichen Tagewerke abends unter dem Tore seiner schönen Besitzung saß, war es ihm, als sähe er die Gestalt des alten Kärrners an sich vorübergleiten und ihm freundlich zuwinken.

Der Goldmacher

In Warmbrunn, einem berühmten Badeorte, dessen warme Quellen von Hirschen entdeckt worden sind, wohnte ein Mann, der sehr arm und dürftig war, mit keinem Menschen umging und sich nur mit chemischen Versuchen und Grübeleien beschäftigte. Er hoffte, erzählte man, das Geheimnis der Goldmacherkunst zu ergründen und große Schätze dadurch zu erwerben. Bei solcher Beschäftigung hatte er aber sein früheres Handwerk vernachlässigt, Hab und Gut an seine chemischen Versuche gesetzt und war nun so arm geworden, daß er manchen lieben Tag hungrig schlafen ging.

Dieser nun durchstreifte sehr oft das wilde Gebirge hinter dem Kynast, und noch in der späten Nacht umschlich er die sagenreiche Burg, oder verlor sich in den angrenzenden Wald. Dort begegnete ihm zuweilen ein Mann, zu dem er Vertrauen gefaßt hatte, und dem er oft erzählte, wie ihn das wilde Gebirge anziehe, und er gewiß glaube, daß in diesen öden Schluchten ein Lebensgeheimnis und große Schätze für ihn liegen müßten.

Einst, als er recht trübselig unter den düsteren Tannen des Gebirges wandelte, sah er ein helles Flämmchen in der Ferne, dem er sorgsam nachging, und entdeckte nun eine Gittertür, die eine erleuchtete Höhle verschloß, in der man große Schätze von Gold und Edelsteinen erblickte. Begierig hafteten die Augen des armen Mannes auf der Fülle des glänzenden Goldes, das ihn zauberhaft anzog. Da stand plötzlich jener fremde Mann neben ihm, mit dem er schon oft im Walde zusammengetroffen war, und sagte: »Alle diese Schätze sollen dein eigen werden, merk dir nur die Stelle genau, wo die Höhle steht. In drei Tagen wirst du die Höhle offen finden.«

Die Bäume waren an dieser Stelle weniger dicht und gaben die Aussicht in das breite Tal frei. Von der Ruine des Kynasts links sah man den Turm von Hermsdorf, unten im Tale lag das freundliche

Warmbrunn und im Hintergrunde Hirschberg. Der Fremde machte ihn genau aufmerksam auf die Stellung dieser Punkte zu einander und sagtet »Präge dir es wohl ein, daß du genau dieselbe Stelle wiederfindest, denn nur so kannst du die Höhle finden und dein Glück dadurch machen.«

Mit welcher Aufmerksamkeit sah der bestürzte Chemiker nach den angedeuteten Punkten und ging dann voller Entzücken hinweg, kam aber noch einmal zurück, um gewisser den Standpunkt wiederfinden zu können. »Da hast du eine Schaumünze«, sprach der Fremde, »damit du morgen nicht alles für einen bloßen Traum hältst«, und gab ihm eine goldene Münze mit rätselhafter Inschrift. Dann verschwand er. Als aber der arme Mann sich umsah, war die Höhle auch verschwunden, und er würde alles für ein Spiel seiner erregten Einbildungskraft gehalten haben, hätte er nicht die Münze in der Hand gehalten.

Während er entzückt nach Hause ging, gab er auf jeden seiner Schritte acht, wälzte mühsam große Steine an den Weg und bezeichnete sich mehrere Bäume, um nur ja die rechte Stelle wiederfinden zu können. Am dritten Tage eilte er denselben Pfad zurück, erkannte auch an allen den Zeichen den rechten Fußweg und versuchte nun, unter der Ruine stehend, die drei Türme von Hermsdorf, Warmbrunn und Hirschberg zu finden. Aber wenn er den einen erblickte, hatte sich ein Fels oder ein Baum vor den andern geschoben, und vergeblich änderte er wieder und wieder seinen Standpunkt. Unruhig stieg er bald hinauf, bald hinunter, stellte sich bald rechts, bald links, bald tiefer in den Wald hinein, bald weiter ins Freie, er fand die drei Türme auf einmal nicht mehr. Der Angstschweiß rann über seine Stirn, das Herz klopfte ihm angstvoll, seine Augen starrten weit geöffnet in die Gegend hinein; vergebens! Endlich rief er laut: »Da! – so! – nun habe ich es!« und sein Gesicht erheiterte sich, seine Knie brachen vor Freude zusammen; aber die Täuschung dauerte nur einen Augenblick, denn als er genauer hinsah, war alles anders. So von der furchtbarsten Pein gefoltert und bis zur Verzweiflung gequält, lief er den ganzen Tag, ja die ganze Nacht umher, – kehrte nicht mehr in seine Wohnung zurück und irrte in Wahnsinn versunken länger als ein Jahr zwischen den Felsen und Bergschluchten hin, wo nur Wurzeln und Waldbeeren ihn spärlich nährten, bis man ihn endlich tot in dem Walde fand, die goldene Münze zwischen den erstarrten Fingern.

Auch ihm waren seine Leidenschaften zum Verderben geworden; hätte er nicht diese Goldgier gehabt und darüber sein Handwerk vernachlässigt, er würde nie mit so fruchtlosen Versuchen seine Zeit hingebracht haben und schließlich, vom Schimmer des Goldes geblendet, elend untergegangen sein.

Rübezahl straft einen Spötter

Nachdem Rübezahl wiederum einmal Jahrhunderte lang die Unterwelt nicht verlassen hatte, ihm aber endlich doch die Einsamkeit und Langeweile zu drückend wurde, und als er eben deshalb in der übelsten Laune war, machte ein Erdgeist, der bei ihm in besonderer Gnade stand, den Vorschlag, doch eine Lustpartie ins Riesengebirge zu unternehmen.

Rübezahl runzelte zwar anfänglich die Stirn gewaltig über diesen Einfall, aber nach einigem Zögern willigte er endlich doch ein; in einer Minute Zeit war auch schon die weite Reise zurückgelegt, obgleich es damals noch keine Eisenbahnen gab. Der Berggeist konnte sich nämlich durch eine bloße Kraft seines Willens an jeden beliebigen Ort versetzen, und so war er denn auch jetzt schnell wie ein Gedanke mitten auf dem großen Rasenplatze, den man noch heut »Rübezahls Lustgarten« nennt. Kaum aber schaute er von dort in das Tal hinab, wo sich jetzt Türme, Klöster, Städte und Flecken ausbreiteten, so erwachte sein alter Haß gegen die Menschen aufs neue und er rief bitter lachend aus:

»Unseliges Erdengewürm, das mich durch Falschheit und Tücke gehöhnt hat, nun sollst du mir deine Schuld büßen, und ich will dich hetzen und plagen, daß du mit Furcht und Schrecken an den Geist des Gebirges denken sollst.«

Kaum hatte er diese Worte ausgesprochen, so hörte er in der Ferne Menschenstimmen. Drei junge Gesellen wanderten durch das Gebirge, und der mutigste von ihnen rief in fröhlicher Laune: »Rübezahl! Rübezahl! komm herab, du Mädchendieb!« –

Der Gnom wurde wütend über diesen Spott und fuhr gleich dem Sturmwind durch den düstern Fichtenwald, um den armen Schelm, der sich über ihn lustig gemacht hatte, sogleich zu erwürgen. Aber es fiel ihm ein, daß ein so grausames Exempel seiner Rache alle Wanderer aus dem Gebirge verscheuchen würde, und er alsdann keine Gelegenheit hätte, sein Spiel mit den Menschen zu treiben. Darum ließ er den Frevler einstweilen ruhig seine Straße ziehen, nahm sich aber vor, ihn den verübten Mutwillen schon noch entgelten zu lassen.

Auf dem nächsten Scheidewege trennte sich dieser von seinen beiden Reisegefährten und langte ohne besonderes Abenteuer in Hirschberg, seiner Vaterstadt, an. Rübezahl war ihm unsichtbar bis zur Herberge gefolgt, um ihn einen Possen spielen zu können; nun verließ er den Burschen, um ihn bei gelegener Zeit wieder aufzusuchen. Jetzt ging er ins Gebirge zurück und sann auf ein Mittel, sich an dem Spötter zu rächen. Da begegnete ihm von ungefähr ein Jude auf der Landstraße, der nach Hirschberg wollte und sehr reich war; diesen ersah Rübezahl sogleich zum Werkzeug seiner Rache. Er nahm alsbald die Gestalt jenes lustigen Gesellen an, der ihn mit dem Spottnamen gerufen hatte, und indem er ein Stück Weges neben dem Juden hinwanderte, sich freundlich mit ihm unterhaltend, führte er ihn unbemerkt von der Straße ab in ein Gehölz, wo er ihn überfiel und zu Boden warf und ihn des Beutels, darin der Israelit viel Gold und Geschmeide trug, beraubte. Nachdem er ihn tüchtig zerschlagen hatte, ließ er den armen geplünderten Mann halbtot im Gebüsch liegen und verschwand.

Als sich der Jude nach einigen Stunden von Schreck und Mißhandlungen erholt hatte, rief er laut um Hilfe, damit er von den Stricken befreit würde, womit ihm Hände und Füße gebunden waren. Da trat ein feiner, ehrbarer Mann zu ihm, ein ansehnlicher Bürger, wie es schien, und als er den Juden gebunden sah, befreite er ihn von den Stricken und leistete ihm jede mögliche Hilfe. Er labte ihn mit Wein und geleitete ihn dann bis Hirschberg an die Tür derselben Herberge, wo der Geselle hineingegangen war; diese pries der Fremde dem geplünderten Juden als die billigste, gab ihm noch einen Zehrpfennig und verließ ihn dann.

Wie erstaunte der Israelit, als er in der Stube des Wirtshauses seinen Räuber ganz wohlgemut am Tische sitzen und einen Schoppen Landwein trinken sah. Er wußte nicht, ob er seinen Augen trauen sollte, denn der Bursche war so froh und vergnügt, als hätte er das beste Gewissen der Welt.

Ganz still setzte sich der Beraubte in einen Winkel und sann, wie er wieder zu seinem Eigentum gelangen könne. Da er sich indes immer mehr und mehr überzeugte, daß er sich in der Person seines Räubers nicht irre, ging er heimlich zum Richter und teilte ihm den Vorfall mit. Alsbald wurden Häscher mit Spießen und Stangen zur Herberge geschickt, die das Haus umzingelten und den Verbrecher vor die Ratsversammlung führten. »Wer bist du?« fragte der oberste Richter, »und von wannen kommst du?«

Darauf antwortete der Bursche ganz freimütig und unerschrocken: »Ich bin ein ehrlicher Schneider meines Handwerks und heiße Benedix.«

»Hast du nicht diesen Juden auf der Landstraße mörderisch überfallen und seines Geldes beraubt?«

»Ich habe diesen Mann nie zuvor mit Augen gesehen und ihn weder geschlagen, noch des Geldes beraubt; ich bin ein ehrlicher Handwerker und kein Straßenräuber.«

»Zeig einmal deine Kundschaft!« (Das ist der Gesellenbrief eines Handwerkers.)

Benedix öffnete getrost das Wanderbündel, worin er seine Papiere verwahrt hatte. Doch wie er darin umhersuchte, klang es wie Gold. Alsbald griffen die Häscher danach und zogen den schweren Säckel heraus, den der erfreute Jude auch sogleich als sein Eigentum erkannte. Da stand Benedix wie vom Blitz zerschmettert, seine Knie zitterten und er ward bleich wie Kalk; kein Wort vermochte er zu seiner Rechtfertigung zu sagen.

»Bösewicht!« sagte der Richter zornig, »willst du auch jetzt noch deine Schuld leugnen?«

»Erbarmen, gestrenger Herr!« flehte der arme Gesell und fiel auf seine Knie. »Ich rufe den Himmel zum Zeugen an, daß ich unschuldig bin und von dem Raube nichts weiß.«

»Du bist überführt!« antwortete jener. »Der gefundene Beutel spricht am deutlichsten für dein Verbrechen; bekenne nur freiwillig, ehe dich die Folter dazu zwingt.« – Der geängstigte Benedix konnte aber nichts tun, als seine Unschuld wiederholt zu versichern; da aber Anstalten zur Tortur gemacht wurden und der arme Schneidergeselle die Marterwerkzeuge erblickte, gestand er alles ein, obgleich sein Herz nichts davon wußte. Der Prozeß wurde nun kurz gemacht und Benedix zum Strange verurteilt.

Das Volk, das in der Gerichtsstube versammelt war, pries laut die Weisheit und die Gerechtigkeit der Richter; am meisten aber tat dies jener Bürgersmann, der den Juden befreit hatte und sich nun auch in der Versammlung befand. Das war aber, wie ihr wohl schon erraten haben werdet, kein anderer als Rübezahl, der das Gold des Juden heimlich in das Felleisen des Handwerksburschen versteckt hatte, um sich wegen des Spottnamens an ihm zu rächen.

Indes ward ein Geistlicher zu dem armen Sünder geführt, um ihn zum Tode vorzubereiten, da dieser aber den Benedix sehr unwissend fand, hielt er es für notwendig, daß die Hinrichtung verschoben werde, damit er den Unwissenden zuvor mehr im Christentum unterweisen könne, und der Rat gewährte dazu einen Aufschub von drei Tagen. Als Rübezahl dies hörte, flog er mürrisch ins Gebirge zurück, um dort die Zeit abzuwarten.

In dieser Zwischenzeit durchstrich er die Gegend und fand dabei ein junges Weib, die traurig an einem Baume lag und weinte. Ihre Kleidung war dürftig, aber sehr gut und sauber gehalten, und ihre Hände schienen an harte Arbeit gewöhnt. Sie trocknete sich zuweilen die Augen damit und seufzte so schwer, daß selbst Rübezahl davon bewegt wurde.

Er nahm daher wieder die Gestalt eines stattlichen Bürgers an, trat näher zu dem jungen Weibe und fragte, warum sie denn gar so traurig sei? »Ach«, jammerte diese, »ich bin eine Unglückliche und habe das Verderben eines sonst so guten Menschen auf der Seele!«

Der Gnom staunte. »Wie?« fragte er, »dein Gesicht sieht doch so ehrlich und gut aus, und du solltest voll Bosheit sein? Aber freilich, die Menschen sind ja alle schlecht und böse.«

»Ach, mein Herr, da habt ihr unrecht; der Benedix ist nun schon eine treue, redliche Haut und ist kein Falsch in seinem Herzen. Ich nur habe ihn ins Verderben gelockt und seinen Tod verschuldet, den er nun durch Henkershand sterben soll. Er ist nämlich mein Mann, – der Benedix, – und wir sind kaum ein Jahr verheiratet miteinander; mit dem Gewerbe ging es aber von Anfang an schlecht, wir hatten viel Not und Kummer, und ich war manchmal unzufrieden und traurig, wenn ich die Nachbarinnen Sonntags in schönen Kleidern zur Kirche gehen sah, indes ich mit der Nähnadel in der Hand meinem Manne altes Flickwerk zusammensetzen helfen mußte. Da wurmte ihn endlich mein unzufriedenes Wesen, so wohlgemut er auch sonst bei aller Trübsal gewesen war; er schnürte eines Tages sein Bündel und sagte:

»Ich will ins Riesengebirge gehen, wo ich einige Verwandte habe; die helfen mir wohl mit ein paar Talern auf, womit ich ein Fleckchen Acker kaufen kann. Damit haben wir doch eigenes Brot, und es wirft doch auch einmal eine neue Jacke oder Mütze für dich ab.« Der gute Benedix! – Damit wanderte er getrost nach Hirschberg; aber meine sündliche Unzufriedenheit hat ihn verleitet, sich an fremdem Eigentum zu vergreifen, und nun muß er den bittern Tod erleiden für meine Schuld. Das überlebe ich nicht und will nur noch einmal gehen, um Abschied von meinem Manne zu nehmen; die Müdigkeit und der Schmerz haben mich aber schon auf der Hälfte des Weges aller Kräfte beraubt.«

Rübezahl war von dem großen Schmerz des jungen Weibes gerührt und vergaß um ihretwillen der Rache, die er ihrem Mann geschworen hatte. »Sei getrost«, sagte er zu der Weinenden, »du sollst deinen Benedix wiederhaben, ehe die Sonne untergeht. Wisse auch zu deinem Trost, daß er den Raub nicht begangen hat und unschuldig ist; merke dir aber die Lehre, künftig mit deinem bescheidenen Lose zufriedener zu sein, da du nun weißt, daß der redliche Arme glücklicher und beneidenswerter ist als der schuldbewußte Reiche.«

»Ach Herr!« rief die Frau, und sank vor ihm auf die Knie, »das wollte euch Gott vergelten, wie ihr mich getröstet habt. Gewiß, ihr seid ein guter Engel, den mir Gott schickt, obgleich ich so vieler Gnade unwert bin; denn ich habe ja um irdischer Güter und Herrlichkeit willen mein Seelenheil selbst in Gefahr gegeben.«

»Lasse das gut sein«, sagte Rübezahl; »ich bin kein Engel, sondern ein Bürgersmann aus Hirschberg, der viele Freunde unter den Ratsherren der Stadt hat; die sollen mir deinen Mann schon freigeben. Kehre du nur in Frieden heim und sei guten Mutes.«

Da machte sich die Frau voll heißen Dankes auf den Weg, und ihre Seele war voller Freude. Rübezahl aber begab sich nun in der Gestalt des Geistlichen, der den armen Sünder zum Tode vorbereiten sollte, zu Benedix in den Kerker. Wie fand er den lustigen Schneider da so überaus niedergeschlagen! Eine lange Zeit redete er über ernste Dinge mit dem Gefangenen, dann sagte er: »Ich überzeuge mich immer mehr, daß du unschuldig bist, mein Sohn, weiß dir aber nicht zu helfen, denn deine Sache steht gar schlimm und die Gerechtigkeit verlangt ein Opfer. Freilich gäbe es noch ein Mittel, dich zu retten, und ich will nicht anstehen, es anzuwenden. Du sollst nämlich die Kleider mit mir wechseln und das Gefängnis verlassen; mein weiter Talar wird den Gefängniswärter schon also täuschen, daß er dir willig das Tor öffnet. Hier hast du auch noch ein Brot auf den Weg, kehre nun heim zu deinem Weibe, so schnell dich deine Füße tragen.«

»Aber ehrwürdiger Herr«, sagte Benedix bedenklich, »ihr könntet dadurch wohl in große Gefahr und Verantwortung kommen, wenn ihr mir also zur Flucht verholfen hättet. Am Ende töteten sie euch statt meiner, und ehe solches Unrecht an einem so frommen Manne geschieht, will ich lieber sterben. Wenngleich ich an dem Diebstahl unschuldig bin, so habe ich doch wohl durch manche andere Sünde Strafe verdient und will sie lieber ertragen, als mir mein Gewissen durch euren Tod schwer machen.«

Rübezahl wunderte sich über die Sinnesart des ehrlichen Benedix und freute sich, daß er sein Unrecht an ihm noch gutmachen konnte. Daher sprach er zu ihm: »Sei ohne Sorge deshalb, mein Sohn, mein Stand wird mich vor einer solchen Strafe schützen; auch habe ich viele Anhänger und mächtige Freunde in der Stadt, die mir kein Leid widerfahren lassen werden.« Da ward der arme Benedix erfreut, daß er mit heiler Haut der Gefahr entkommen sollte, machte sich geschwind auf und verließ mit tausend Danksagungen gegen den ehrwürdigen Geistlichen seinen Kerker. Aber die ihm angeborene Zaghaftigkeit konnte er doch nicht verleugnen, denn als er an dem Schließer vorbeiging, klappten ihm die Zähne und seine Knie schlotterten aus Furcht, daß dieser ihn erkennen möchte. Endlich kam er, glücklich aus der Stadt und war, ehe die Sonne unterging, wieder daheim bei seinem Weibe.

Welch eine Freude hatte diese, ihren treuen Benedix gesund und frisch wiederzusehen. Erst dankten sie beide Gott für die wunderbare Rettung, dann aber sehnte sich Benedix nach einer tüchtigen Mahlzeit, denn die Todesfurcht hatte ihm allen Appetit verdorben, und nach dem weiten Wege und der glücklich überstandenen Gefahr machte der Hunger sein Recht geltend. Die Frau holte nun geschwind herbei, was nur die arme Küche vermochte, und Benedix schnitt das Brot dazu auf, welches der fromme Pater ihm mit auf den Weg gegeben hatte.

Aber sieh da! als er das Messer hineinstieß, gab es einen seltsamen Klang, und ein Häuflein geprägten Goldes fiel auf den Tisch. – Nun erst merkten Benedix und sein Weib, *wer* der großmütige Helfer gewesen sein müsse, priesen ihn aus dankbarem Herzen, und zogen fort aus der Gegend nach Prag, wo Benedix sich ein hübsches Haus kaufte und bald der berühmteste Meister wurde, der oft mehr als zehn Gesellen hielt. Seine Frau genoß nun den Wohlstand, den sie sich früher so sehr gewünscht; aber sie mißbrauchte ihn nicht, sondern tat den Armen Gutes, statt mit schönen Kleidern zu prunken, wie es wohl sonst ihr Streben gewesen war. Benedix blieb ehrlich, wie er es immer gewesen, und das trug nicht wenig dazu bei, ihm Kundschaft und Ehre zu bringen.

Als am dritten Tage in Hirschberg der arme Sünder vor die Tore der Stadt geführt wurde, waren viele Tausend Menschen versammelt, um dem Schauspiele beizuwohnen. Als der Henker aber sein Amt verrichtet hatte, zappelte der Tote so sehr am Stricke, daß dem Henker bange ward, das Volk werde ihn steinigen, daß er den Delinquenten zu sehr quäle. Auf einmal aber ward dieser still und streckte sich lang aus; darauf verlief sich die Menge.

Am andern Morgen aber kamen einige Bauern vom Felde in die Stadt und berichteten, der Gehangene lebe noch immer, denn er zappele mit Händen und Füßen. Da schickte der wohlweise Rat eine Deputation hinaus zum Galgen, um die Sache zu untersuchen, aber was fanden die gestrengen Herren statt des Delinquenten? – Eine Schütte Stroh mit alten Lappen bekleidet, wie man sie oft in ein Schotenfeld stellt, um die Sperlinge zu verscheuchen.

Darüber verwunderten sie sich sehr und schüttelten die wohlgepuderten Perücken, daß der feine Staub um ihre Köpfe flog. Nach langem Sinnen ließen sie endlich den Strohmann abnehmen und verbreiteten die Nachricht, der große Wind habe in der Nacht den leichten Schneider vom Galgen über die Grenze der Stadt hinausgeweht.

Die Perücken

Als die Deutschen sich zu schämen anfingen, daß sie Deutsche waren, galt keine Tracht für vornehm oder schön, die nicht von den Franzosen kam. Auch die Tracht der Haare war aus Frankreich gekommen, und Männer und Frauen trugen Perücken, um entweder ihre grauen oder ihre spärlichen Haare zu verbergen und so noch für jung zu gelten, während ihnen die Zeit doch schon bedeutende Merkmale ihrer Jahre aufgeprägt hatte.

Als Rübezahl von diesen Narrheiten hörte, begab er sich nach Hirschberg, wo eben Jahrmarkt war, und hielt Perücken feil. Bald fand sich auch ein junger Herr, der gern eine mit Locken gehabt hätte und fragte, ob Rübezahl dergleichen führe. »Genug!« antwortete dieser, »und alle nach der neuesten Art, aber sie sind sehr kostbar.«

Der Stutzer betrachtete sich die neuen, schönen Perücken mit Lust, welche Rübezahl aus den Schachteln nahm, und hatte keinen Tadel daran, als daß sie zu teuer wären. Dabei zuckte Rübezahl die Achseln und machte Miene, die kostbaren Perücken wieder einzupacken. »Haltet nur«, rief nun schnell entschlossen der Stutzer, »wenn mir der Preis auch sehr hoch zu sein scheint und eigentlich meine Verhältnisse übersteigt, so will ich mir doch eine eurer schönen Perücken kaufen. Es wird Aufsehen erregen, werde ich doch der erste sein, der diese neue Mode trägt.«

Er bezahlte den hohen Preis ohne Widerrede und ging vergnügt nach Hause. Nun ging es wie ein Lauffeuer durch die ganze Stadt, daß neue Perücken zu haben wären, und wo ein Narr Geld hatte, kaufte er sich einen solchen Putz, so daß der Handelsmann bald alle seine Waren verkauft hatte und den Markt verließ.

Des Nachmittags stolzierten die Käufer mit ihren neuen Perücken auf dem Markte umher, und jener junge Stutzer dachte: »Du gehst auch; wie werden die Leute staunen, wenn sie erst meinen Haarputz sehen!«

Als er nun mit stolzem Schritt und großem Selbstgefallen an einem Gasthofe vorübergeht, dessen Fenster alle mit vornehmen, fremden Damen besetzt sind, ruft ihm ein Bauer nach: »Guter Freund! Euch hat wohl jemand einen Schabernack gespielt«, und zeigt auf die Perücke. Und zu gleicher Zeit springen alle Straßenbuben um ihn herum, lachend und schreiend, und selbst alte Leute lächeln im Vorübergehen, wenn sie den jungen Herrn ansehen. Da läuft dieser endlich in ein Haus, nimmt die Perücke ab und betrachtet sie entsetzt, denn sie ist zu einem Geniste von Moos, Werg und Heu geworden. Unterdessen ist es den andern Käufern nicht besser ergangen, und Lärm und Gelächter hört man in allen Straßen der Stadt.

Wie gut aber auch Rübezahl diesen Spaß durchgeführt hatte, so blieb er doch ohne großen Nutzen, denn noch zu heutiger Zeit schämen sich die Deutschen nicht, die Affen fremder Völker zu machen, und es täte not, Rübezahl käme wieder, um ein Exempel zu geben.

Mutter Else

Die Hilfe, welche Rübezahl einzelnen Personen hatte angedeihen lassen, zog eine Menge Müßiggänger, nachlässige Hauswirte und dergleichen herbei, die alle, bald durch Bitten, bald durch Spott den Berggeist zu reizen suchten, daß er erscheinen und ihre Klagen anhören möchte. Eine Zeitlang ließ dieser sie ruhig ihr Wesen treiben, denn er verachtete sie zu sehr, um sich über sie zu erzürnen, oder er neckte sie auch zuweilen durch ein blaues Flämmchen, welches sie für das Zeichen hielten, daß ein Schatz in der Erde liege; ja er ließ sie sogar schwere Töpfe finden, und wenn sie diese mühsam heimtrugen, fanden sie statt des Goldes Steine und Scherben darin. Gleichwohl ließen sie nicht ab, den Gnom mit Bitten zu bestürmen, bis er endlich ganz zornig ward und einen tüchtigen Steinhagel unter das Gesindel warf, um sie aus seinem Gebiete zu verjagen. Kein Wanderer betrat nun ohne Furcht und Zittern das Riesengebirge; Rübezahl aber ward lange Zeit nicht mehr gehört und gesehen.

Eines Tages sonnt sich der Berggeist an der Hecke seines Gartens; da kam ein Weib daher, die durch den sonderbaren Aufzug, den sie machte, seine Aufmerksamkeit erregte. Sie hatte nämlich ein Kind auf dem Arme, eins auf dem Rücken, eins leitete sie an der Hand und ein etwas größerer Knabe trug einen leeren Korb und einen Rechen, denn die Mutter wollte Laub einsammeln fürs Vieh.

Eine Mutter muß doch wahrlich ein gutes Geschöpf sein, dachte Rübezahl, schleppt sich da mit vier Kindern und muß noch dazu mühsame Arbeit verrichten. Diese Betrachtungen versetzten den Gnom in gute Laune, und er nahm sich vor, eine Unterredung mit der Frau anzufangen. Diese hatte indes ihre Kinder auf den Rasen gesetzt und streifte Laub von den Büschen; mittlerweile wurde den Kleinen die Zeit lang und sie fingen an zu weinen und zu schreien; Da verließ die Mutter ihre Arbeit, spielte und scherzte mit ihnen, wiegte sie endlich in den Schlaf, und ging dann rüstig wieder an ihre Arbeit. Aber die Mücken stachen die kleinen Schläfer, sie wurden aufs neue unruhig und ebenso rasch als unverdrossen eilte die Mutter wieder herzu, suchte Himbeeren im Gebüsch und brachte sie den weinenden Kleinen. Diese mütterliche Sorgfalt und Geduld rührte den Gnom.

Der kleinste Knabe aber wollte sich durchaus nicht beruhigen lassen; er warf die Beeren an den Boden und schrie, als ob er gespießt würde. Darüber ging der Mutter endlich die Langmut aus; »Rübezahl!« rief sie drohend, »komm und friß den unartigen Schreihals!«

Augenblicklich kam der Gerufene in Gestalt eines Köhlers herbei und sprach: »Hier bin ich, was willst du von mir?« –

Die Frau geriet in den größten Schrecken, faßte sich aber bald wieder ein Herz und antwortete: »Ich rief dich nur, damit mein kleiner Schreihals ruhig sein sollte; du siehst, es hat schon geholfen, also brauche ich dich weiter nicht; hab Dank für deinen guten Willen.«

»Ei!« sagte Rübezahl, »so ungestraft ruft man mich nicht. Nun halte ich dich beim Worte; gib mir den Schreier, daß ich ihn geschwind aufesse, mir ist lange kein so zarter Bissen vorgekommen.« Darauf streckte er die rußige Hand nach dem Knaben aus.

Da gab die Angst der Mutter Riesenkräfte, sie setzte sich mutig gegen Rübezahl zur Wehr, zerzauste ihm den Bart tüchtig und rief: »Du Ungetüm, ehe du mein liebes Kind rauben kannst, mußt du mir erst das Herz aus dem Leibe reißen.«

Eines so heftigen Angriffs hatte Rübezahl sich nicht versehen, aber ihm gefiel der Mut und die Mutterliebe dieses Weibes. Deshalb lächelte er freundlich und sagte: »Entrüste dich nicht so sehr; ich bin kein Menschenfresser und will auch deinem Kleinen kein Leid antun. Aber laß mir den Jungen; er gefällt mir, und ich will ihn wie einen Junker halten, in Sammet und Seide kleiden, und es soll ein wackerer Bursche aus ihm werden, der euch alle einmal erhalten kann. Ja, du kannst hundert blanke Taler für den Buben fordern, und ich gebe sie dir sogleich.« –

»Ha«, lachte das Weib, »also mein Junge gefällt euch. Ei seht doch, das freut mich, denn der prächtige Schlingel ist mir auch lieber als alle Schätze der Welt.«

»Du hast ja noch drei andere Kinder«, sagte. Rübezahl, »sie machen dir Arbeit und Überdruß genug; du mußt dich ja ohnehin placken und schwere Arbeit machen.«

»Ei nun, machen sie mir manchmal ein bißchen Last, so sind's dafür doch meine lieben Kinder, und machen mir noch viel mehr Freude.«

»Eine schöne Freude, sie den ganzen Tag herumzuschleppen, sie zu gängeln, zu waschen und zu füttern, und dabei ihre Unarten und ihr Geschrei zu ertragen.«

»Seht nur, Herr Berggeist, das versteht Ihr nun eben nicht. So etwas ist ja die größte Freude für eine Mutter, und kein Kind ist ihr lieber, als was ihr die meiste Mühe macht, wofür sie Tag und Nacht die Hände regen muß.«

»Nun, hast du denn nicht einen Mann, der für euch alle sorgt, arbeitet und die Hände regt?«

»O ja, und ich fühl's oft recht nachdrücklich, wie er sie regt«, sagte die Frau mit einem komischen Seufzer, und machte eine verständliche Bewegung, als schwinge sie einen Stab. –

»Was?« rief der Gnom ganz aufgebracht, »ein so braves Weib, wie ihr seid, zu schlagen! Ei! so will ich ihm doch gleich das Genick dafür brechen.«

»Nun, da werdet Ihr etwas zu tun, bekommen, wenn Ihr jedem querköpfigen Manne das Genick brechen wollt. Seht nur, Steffen ist im Grunde so schlimm nicht, aber er muß es sich auch sauer werden lassen, um die kleine Wirtschaft im Stande zu erhalten, denn ich habe ihm nicht einen Groschen Heiratsgut mitgebracht. Wenn ich nun Geld haben will, um den Kleinen Schuhe und dergleichen zu kaufen, da tobt er freilich manchmal ärger als ein Heide, denn unter uns, er ist ein bißchen geizig.«

»Was treibt denn Steffen für ein Gewerbe?«

»Er ist ein Glashändler und muß jahraus, jahrein die schwere Hucke mit Glaswaren von Böhmen herunter ins Land tragen. Wie oft zerbricht nicht da etwas auf dem weiten Wege, und das müssen die Kinder und ich denn freilich entgelten. Aber fragt einmal nach, wo das besser sei und die Frau nicht manche schlimme Stunde hat, weil der Mann Ärger hat.«

Rübezahl gab sich nun zufrieden, obschon er ein Häkchen auf Steffen hatte; fing aber nochmals davon an, daß ihm die Mutter den Knaben geben solle. Sie gab ihm aber keine Antwort mehr darauf, sondern raffte das Laub in den Korb, band das kleinste Kind mit dem Bande darauf fest und drehte dem Berggeist den Rücken. Da sie aber den schweren Korb nun nicht gut auf die Schultern heben konnte, wandte sie sich noch einmal zu ihm um und bat: »Wollt ihr wohl so gut sein und mir den Korb aufnehmen helfen? Und wenn ihr ein übriges tun wollt, so schenkt dem Jungen, der euch so gut gefällt, einen Pfennig zu einer Semmel!«

Rübezahl half ihr den Korb auf den Rücken heben: »Gibst du mir deinen Jungen nicht«, sagte er dabei, »so soll er auch keinen Pfennig von mir haben!«

»Nun, wie ihr wollt, der Junge wird auch ohne Semmel groß werden«, antwortete sie kurz und ging ihres Weges.

Je weiter sie aber ging, desto schwerer ward ihr der Korb, so daß sie endlich kaum mehr fort konnte. Sie mußte endlich einen Teil des Laubes ausraffen, um nur leichter zu tragen; aber sie war noch nicht weit gegangen, da kam ihr der Korb noch viel schwerer vor, und sie mußte abermals ausraffen, was ihr ganz unerklärlich war, denn sie hatte oft eine weit größere Bürde getragen, ohne davon so ermüdet zu werden. Als sie endlich nach Hause kam, waren ihre Arme wie zerbrochen von der schweren Last, und doch hatte sie noch viel in der Wirtschaft zu tun, warf den Ziegen das Laub vor, gab den, Kindern das Abendbrot, wiegte sie in den Schlaf, und legte sich endlich auch danieder, um flugs und fröhlich einzuschlafen.

Die frühe Morgenröte weckte das fleißige Weib zu neuem Tagewerke. Sie holte nun ihr Melkgefäß und ging in den Ziegenstall. Aber welch ein schreckensvoller Anblick, erwartete sie da! Ihr liebes, treues Haustier, die alte Ziege, lag ganz starr und tot im Stalle, und die zwei Jungen atmeten nur noch schwach. Ein so großes Unglück hatte die arme Frau all ihre Tage noch nicht getroffen, und sie weinte bitterlich darüber. »Ach!« jammerte sie, »es kommt ja kein Unglück allein, wie wird nun Steffen zanken und wild werden, wenn er heimkommt; – nun ist es mit meinem ganzen Frieden aus, und ich habe kein Glück mehr auf der Welt.« Aber das Herz strafte sie sogleich über diese Worte. »Waren denn die Ziegen dein einziges Glück und nicht deine Kinder?« – Da schämte sie sich ihres Unmutes und dachte: »mag's denn sein, hat mir doch der liebe Gott die Kinder noch immer gesund erhalten. Jetzt ist die Ernte vor der Tür, da kann ich ins Feld gehen und schneiden helfen, damit verdiene ich mir schon etwas, und wenn ich im Winter dann noch recht fleißig spinne, kann ich mir zum Frühjahr wohl wieder eine neue Ziege kaufen.«

Indem sie dies alles bei sich dachte, ward sie getroster, trocknete sich die Augen und sah noch einmal die armen Ziegen an, die nun alle drei tot waren. Da flimmerte etwas im Stroh zu ihren Füßen; sie hob es auf, es war ein Blatt, das gelb wie Gold schimmerte. Da lief sie geschwind zu einer Judenfrau, die in der Nähe wohnte, und diese erklärte den Fund für gediegenes Gold, gab ihr auch gleich drei blanke Taler dafür. Wer war nun froher als das arme Weib; sie lief flugs zum Bäcker, kaufte Semmel und Butterkringel für die Kinder und eine Hammelkeule für Steffen, die wollte sie ihm gut zurichten, wenn er abends müde und hungrig heimkäme. Sie vergaß allen Harm über der Freude, ihre lieben Kinder einmal recht gut abzufüttern, und diese zappelten, sprangen und jauchzten auch nicht wenig, als sie die Backwaren bekamen. Indes schaffte die Mutter die toten Ziegen beiseite, damit Steffen das Unglück nicht sogleich merke, wenn er nach Hause komme.

Wer aber beschreibt ihr Erstaunen, als sie zufällig in die Futterkrippe sah und einen ganzen Haufen solch goldener Blätter darin erblickte; ja selbst in dem Korbe, worin sie das Laub heimgetragen hatte, hingen noch einzelne von den kostbaren Blättern. Nun begriff sie auch leicht, woran ihre Ziegen gestorben waren; sie haben das unverdauliche Laub gefressen, dachte sie, und holte rasch ein Messer herbei, schnitt ihnen den Magen auf und fand auch richtig ganze Klumpen Gold darin. Nun war die arme Frau mit einem Male so reich geworden, daß sie glaubte, sie könne soviel Gold all ihr Lebtag nicht verbrauchen; sie lief in ihrer Freude gleich zum Pfarrer, der ein sehr biederer Mann war, und dieser verwahrte ihren Schatz auf das gewissenhafteste. »Wenn ich euch einen Rat geben soll, gute Frau«, sagte er, »so laßt euren Mann nichts von der Sache erfahren, er würde das Geld für sich behalten und euch und den Kindern nichts davon geben. Ich will einen Brief in fremder Sprache schreiben, als ob er von eurem Bruder käme, der weit in der Fremde ist, und der euch eine kleine Summe Geld schicke. Daran könnt ihr Steffen teilnehmen lassen, und so immer mehr und mehr von dem

Schatze geben, aber nicht auf einmal, denn das wäre bei Steffens Denkart und seinem Hange zum Geiz nur gefährlich.«

Die gute Frau war mit diesem Vorschlage wohl zufrieden und gab auch eine hübsche Summe dem Pfarrer für die Armen des Dorfes; auch kaufte sie für die Kirche eine neue Altarbekleidung, denn sie war Gott dankbar für den unverhofften Segen, und wollte ihm dies beweisen durch Mildtätigkeit.

Während alledem kam Steffen mit einer schweren Ladung Glassachen über das Gebirge. Er war sehr ermüdet, und da er an seinem Wege eine schöne große Wiese fand, beschloß er, sich ein wenig niederzulegen. Es war auch ein umgehauener Baumstamm in der Nähe, darauf konnte er seine Hucke bequem niedersetzen, und nun ruhte er sich gemächlich aus in dem frischen Grase, worin weißer Teufelsbart und Marienflachs blühten. Er berechnete dabei den Vorteil, den er diesmal aus seiner Ladung zu ziehen gedachte. »Ich will mir einen Esel in Schmiedeberg dafür kaufen«, sagte er in halblautem Selbstgespräche, »der kann statt meiner die schwere Hucke tragen; mein Weib ist jung und rüstig und kann schon allein für die Kinder sorgen, wenn ich ihr auch nichts gebe von meinem Verdienste. Sie hat ja auch die Ziegen, und die Kinder können mit den Winterkleidern noch lange warten. Kann ich nur erst auf dem Esel eine doppelte Ladung Glaswaren aus Böhmen herüberbringen, dann ist mir auch doppelter Verdienst gewiß, und ich bringe es auch nach und nach wohl bis zu einem Pferde. Ein Stück Acker findet sich auch schon dazu, es liegt viel Rodeland um meine Hütte, und mein Weib hat junge, rüstige Glieder; mit der Zeit kann mir ein kleines Bauerngut nicht fehlen, und dann soll auch Else für sich und die Kinder neue Kleider kaufen.«

Als Steffen so in seinem künftigen Reichtum schwelgte, erhob sich plötzlich ein heftiger Wirbelwind und stürzte den Korb mit den Glaswaren vom Stamme herunter, daß der zerbrechliche Kram in tausend Stücken herumlag. Das war der härteste Schlag, der den geizigen Mann treffen konnte; ganz betäubt starrte er auf die Scherben, mit denen zugleich auch alle seine schönsten Hoffnungen zertrümmert waren. Da hörte er ein schallendes Gelächter ganz in seiner Nähe; er sah sich betroffen um, erblickte aber niemand; was ihn aber noch mehr staunen machte, war, daß der Baumstamm, auf den er zuvor seine Glashucke niedergestellt hatte, ganz und gar verschwunden war.

»Rübezahl!« rief er heftig, »du Schadenfroh, das hast du mir getan! Womit habe ich dich denn erzürnt, daß du mich um meinen sauren Verdienst bringst! Komm doch lieber gleich und erwürge mich, du tückischer Kobold, du boshafter Halunke, denn du hast mich doch auf Lebenszeit zu einem geschlagenen Manne gemacht.«

Es war Steffens bitterer Ernst mit diesen Worten, aber Rübezahl ließ sich weder sehen noch hören. –

Der arme Steffen mußte sich entschließen, die zerbrochenen Glasscherben zusammenzusuchen, damit er in der Glashütte wenigstens einige Spitzgläser dafür bekommen, um nun wieder einen neuen Handel anfangen zu können. Er sann und sann, woher er Geld nehmen sollte, um nur wieder Waren einkaufen zu können, aber er sah keinen Ausweg. Endlich fielen ihm die Ziegen seiner Frau ein. »Wenn du die hättest und verkaufen könntest«, dachte er, »die würden dir viel helfen; Else wird sie aber gewiß nicht hergeben, denn sie braucht Milch für die Kinder. – Wie wäre es aber, wenn ich um Mitternacht mich still nach Hause schliche, die Ziegen aus dem Stalle holte und nach Schmiedeberg auf den Markt triebe. Dann könnte ich neue Glaswaren kaufen, und damit Else, nichts merke, wollte ich sie tüchtig ausschelten, daß sie so nachlässig, gewesen sei, sich die Ziegen stehlen zu lassen. Ja, den Kniff will ich anwenden, um mir aus meiner traurigen Lage zu helfen.«

Um nun dies Vorhabens auszuführen, schlich sich Steffen so nahe als möglich an das Dorf und versteckte sich in einem Busche, bis es Nacht ward. Dann machte er sich ganz behutsam auf den Weg, kletterte über den Zaun und öffnete den Ziegenstall. Wider Gewohnheit war dieser unverriegelt, und so sehr ihm dies auch lieb war, fand er doch einen Grund darin, mit seinem Weibe schelten zu können über große Nachlässigkeit. Im Stall aber rührte sich nichts; er tappte an der Krippe hin – es war alles leer. Im ersten Schreck glaubte Steffen, es sei ihm ein Dieb zuvorgekommen, und war darüber so niedergeschlagen, daß er sich auf die Spreu warf, in dumpfer Traurigkeit darüber, das letzte Mittel verloren zu haben, mit dem er sich wieder aufzuhelfen gedachte.

Else hatte vergeblich mit der guten Mahlzeit auf ihren Mann gewartet und war noch spät abends nach der Landstraße gelaufen, wo sie noch lange nach Steffen sah, bis ihr die Augen weh taten. Traurig ging sie heim, denn sie dachte, es sei ihm ein Unglück begegnet, und es kam die ganze Nacht kein Schlaf in ihre Augen.

Am Morgen klopfte es leise an die Tür. Steffen war es, der die Nacht im Ziegenstalle auch eben nicht gut zugebracht hatte. »Liebes Weib«, sagte er ungewöhnlich sanftmütig, »mache mir doch auf, ich bin müde.« – Else hörte kaum ihres Mannes Stimme, als sie flink wie ein Reh herbeisprang und ihn vor lauter Freude umhalste, da er wieder gesund und frisch vor ihren Augen stand. Er setzte aber ganz kleinlaut und still seinen Korb auf die Ofenbank und warf sich mißmutig daneben.

Wie Else ihn so traurig sah, ging es ihr ans Herz. »Was hast du denn, Steffen?« fragte sie gutmütig, »ist dir etwas Schlimmes begegnet?« Mit Seufzen und ganz kleinmütig erzählte er ihr endlich sein Unglück.

Else hätte am liebsten laut gelacht über den Possen, den Rübezahl ihrem Manne in guter Absicht gespielt hatte. Als er aber nach den Ziegen fragte, bekam sie selbst Lust, ihn ein wenig zu necken, denn dachte sie, der Hausvogt hat richtig schon überall herumspioniert. »Was kümmert dich mein Vieh?« sagte sie, »hast du doch nicht einmal nach den Kindern gefragt. Die Ziegen sind wohl aufgehoben draußen auf der Weide. Lasse dich aber Rübezahls Tücke nicht anfechten, wer weiß, auf welchem Wege er es wieder gutmacht.«

»Da kannst du lange warten«, brummte Steffen. »Ei nun«, versetzte das Weib, »unverhofft kommt oft. Hast du auch keine Glaswaren und ich keine Ziegen mehr, so haben wir ja doch vier gesunde Arme, das ist der beste Reichtum!«

»Ach, daß Gott sich erbarme«, jammerte der bedrängte Mann, »also die Ziegen sind doch fort! Nun, so kann ich die Kinder auch nicht mehr erhalten.«

»Nun, so kann ich's«, sprach Else. – Bei diesen Worten trat der freundliche Pfarrer herein, der die Unterredung an der Tür gehört hatte, und nachdem er dem Steffen eine tüchtige Strafpredigt über den Geiz gehalten hatte, der eine Wurzel alles Übels sei, – verkündete er ihm, daß sein Weib ein reiches Geschenk von ihrem Bruder bekommen habe und zog den Brief hervor. Und nun las er ihm vor, wie Steffen das Geld nicht in die Hände bekommen, sondern er, der Pfarrer, dasselbe verwalten solle, damit Else und die Kinder auch wirklich ihr gut Teil davon bekämen.

Da stand Steffen wie versteinert und konnte gar nicht zu Worte, kommen. Endlich nahm das gute Weib seine Hand und sprach ihm Mut zu; da nahm er sich vor, besser und ein freundlicher Ehemann zu werden; er versprach es auch seiner Frau vor dem Pfarrer, und bat Elsen, sie solle ihn jetzt nicht verlassen, da sie reich geworden sei. Und er hielt redlich Wort; seine fleißige Hand mehrte das Geschenk des Berggeistes von Tag zu Tag. Endlich kaufte der redliche Pfarrer ein schönes Bauerngut, worauf Steffen und sein Weib ihr Lebelang glücklich und zufrieden wirtschafteten.

Die treue, sorgsame Mutter erlebte an ihren Kindern viele Freude; der kleine Bube, Rübezahls Günstling, wurde ein wackerer Soldat und diente unter Wallenstein im dreißigjährigen Kriege mit vielem Ruhme.

Glücks-Männlein

Eines Tages kam in Seidorf die Rede darauf, daß, wer in Rübezahls Lustgarten Glücks-Männlein pflücken könne, reich und glücklich in der Welt werde; es müsse aber in der Johannisnacht geschehen, denn außer dieser Zeit breche Rübezahl einem jeden, der komme, den Hals. »Es muß aber eine Waise sein und kein böser Mensch«, setzte der Erzähler hinzu.

Nun waren ein Paar Geschwister in der Wirtsstube, die beide verwaist waren, und der Brauer hatte sie aus Barmherzigkeit zu sich genommen; wie nun der Knabe diese Reden hört, denkt er: »Das will ich versuchen, und wenn es glückt, so soll mein Schwesterchen und der gute Brauer, der sich der armen Waisen angenommen hat, auch reich und glücklich werden.«

Ohne jemand ein Wort zu sagen, schleicht sich Joseph aus der Stube, steckt sich ein Stück Brot ein und schreitet wohlgemut aus dem Dorfe, den Bergen zu, denn es war eben die Johannisnacht. Wie er bis zur Hampelbaude kommt, fragt ihn der Baudenwirt, wohin er noch so spät wolle und der Knabe erzählt treuherzig sein Vorhaben.

Ein Mann der behaglich hinter einer Flasche Ungarwein sitzt, hört das mit an, und als Joseph, weitergeht, kommt er ihm rasch nach. »Wir wollen Gesellschaft machen«, spricht er zu dem Knaben, »ich gehe auch noch diese Nacht in Rübezahls Lustgärtlein.«

Joseph sieht den stattlichen Mann an, der so rund und wohlgenährt aussieht und denkt: »ei, was mag denn dem noch zu seinem Glücke fehlen? – Das ist ja der reiche Kretschmer aus Breslau, der gestern bei uns in Seidorf übernachtete und bis spät nach drei Uhr Karten spielte und zechte.« –

So gehen sie nebeneinander; die Nacht ist lieblich und still, und von den Dörfern im Tale klingen die Abendglocken herauf. Da faltet der Knabe in frommer Gewohnheit seine Hände und betet; der fremde Mann denkt aber nur an all den Reichtum, den er mit Hilfe der Glücks-Männlein erwerben wird. Als sie nun am Lustgarten Rübezahls ankommen, leuchten ihnen schon die Blüten des Glücks-Männlein entgegen und der Kretschmer fällt gierig darüber her, ganze Hände voll davon ausrupfend.

Da tritt plötzlich ein Greis mit langem, silberweißem Barte hinter einem Felsen hervor und ruft ihm ein donnerndes »Halt« zu. Der Mann zittert am ganzen Leibe und bleibt wie angewurzelt stehen; der Knabe aber geht ruhig an den Greis heran und bittet: er möge ihm doch erlauben, zwei Glücks-Männlein mitzunehmen.

Da schaute der Greis freundlich auf den Bittenden und fragte: »wozu er denn gerade zwei Glücks-Männlein pflücken wolle?«

Joseph sagt nun, wie er und seine Schwester Waisen seien und gern glücklich werden möchten, damit sie nicht mehr guten Leuten zur Last fielen, und nur deshalb bitte er um zwei Blümlein.

Nun wurde der Greis immer freundlicher, pflückte selbst einen großen Strauß der begehrten Blumen, gab sie dem Knaben in die Hand und steckte ihm noch alle Taschen voll davon, indem er ihn ermahnte, nichts davon zu verlieren. – Nachdem dies geschehen und Joseph tausend Dank gesagt, fragt der Greis den Kretschmer: »Wer bist du?« – Der Mann sagt, er sei arm und in Not und käme auch, um sein Glück zu machen.

»Elender!« fuhr der Greis ihn an, »glaubst du, ich würde einen so schlechten Patron, wie du bist, glücklich machen? Hebe dich hinweg, nur für unschuldige Waisen ist das Glück beschert, das sie hier suchen.« – Unter diesen Worten stand der Kretschmer zitternd vor dem Greise, wollte aber doch nicht vergebens heraufgestiegen sein und sagte, er sei auch eine Waise, sein Vater wäre von den Moskowitern fortgeschleppt worden, als er kaum zwölf Jahre alt gewesen sei. Er hatte diese Worte kaum gesprochen, da ergrimmte der Greis, faßte ihn bei der Gurgel und warf ihn hinab in den tiefen Grund. »Nichtswürdiger Lügner!« sagte er dabei, und seine Stimme klang wie ferner Donner; – das Winseln des Mannes verstummte bald. – Der Knabe aber war erschrocken auf die Knie gesunken und betete; da nahm ihn der Greis an die Hand, sprach ihm sanft zu und führte ihn wieder aus dem Gehege heraus.

In Seidorf war man indes um Joseph sehr besorgt gewesen, und besonders die Schwester freute sich, als er gesund und frisch wiederkam und ganze Hände voll Glücks-Männlein mitbrachte. Er teilte dem Brauer redlich davon mit, und am andern Morgen hatte sich jedes Blättlein in pures Gold verwandelt. Nun gab es auf der Welt keine glücklicheren Geschwister; Joseph ward der reichste Bauer im Dorfe, hat aber nie die Hilfe Rübezahls und das schreckliche Ende des schlechten Kretschmers vergessen.

Die drei besten Menschen

Rübezahl kam auf seinen Streifereien eines Abends bei den Grenzbauden vorbei. »Wie wär's«, dachte er, »wenn du über Nacht hier bliebest? Vielleicht erlebst du einen lustigen Zufall«, und damit ging er ins Haus.

Da saßen drei Männer um einen Tisch, tranken ihre Flasche Österreicher und waren guter Dinge; zu denen setzte sich Rübezahl und bat, sie möchten sich in ihrem Gespräch nicht irre machen lassen. Nun fuhr der erste von ihnen in seiner Rede also weiter fort:

»Ich bin ein Landsknecht«, sagte er, »aus Dinkelsbühl in Schwaben, und da jetzt Frieden im Reiche ist, so gehe ich in die weite Welt, um auf meine eigene Rechnung Taten zu tun, vor denen die Menschen staunen sollen, und ich will niemand raten, daran zu zweifeln; ich bin zwar sonst der beste Mensch von der Welt, den Widerspruch aber kann ich nicht leiden, ich möchte da immer gleich mit dem Schwerte dreinschlagen, und das nehmen die Leute gleich übel.«

Der andere erzählte, er sei aus Schlesien und habe sonst in Goldberg Tuche geschoren, aber er habe die Stadt um einer Kleinigkeit willen verlassen und suche nun andere Arbeit. »Ich bin eigentlich der beste Mensch von der Welt«, sagte er, »aber obgleich ich manches Tuch geschoren habe, lasse ich mich doch nicht scheren, und da es der Meister einmal mit mir probieren wollte, warf ich ihm mein Eisen an den Kopf. Da verklagte er mich und ich nahm Reißaus, um nicht im Stock zu brummen.«

»Ich bin ein Müller«, sagte der dritte auf Befragen, »und gewiß der beste Mensch von der Welt, nur kann ich keine Ungerechtigkeit leiden. Wenn mir nun einer von der Mahlmetze und dergleichen anfängt, kribbelt's mich in den Fäusten und ich fasse da manchmal nach einem Stuhlbein oder dem Bierkandel und schlage drein. Darüber kam ich mit aller Welt in Unfrieden, und der Meister jagte mich fort, weil ich ihm die Mahlkunden verjagte, wie er sagte.«

»Nun, da haben wir ja ziemlich einerlei Geschick«, fing darauf der Landsknecht an, »wie wär's, wenn wir ein Stück miteinander in die Welt gingen?« Das waren die anderen zufrieden und legten sich einig und friedlich aufs Stroh.

Als sie nun fest schliefen, betrachtete sie Rübezahl und sagte zu sich selbst: »Warum mache ich doch diese Entdeckung so spät, die alle meine früheren Erfahrungen Lügen straft. Sonst wäre ich ja zufrieden gewesen wenn ich nur *einen* besten Menschen auf der Welt gefunden hätte, und hier habe ich nun gleich drei auf einmal.«

Am anderen Morgen zogen die drei besten Menschen ihres Weges, und Rübezahl zauberte jedem einen Portugaleser in die Tasche, der ihnen auf ihrer Wanderschaft ganz gut zustatten kam.

Nach langer Zeit dachte der Berggeist: »Ich möchte wohl wissen, wo jetzt die drei besten Menschen der Welt sein mögen und wie es ihnen ergeht.« Und siehe da, kaum hat er es gedacht, so sieht er den Goldberger Tuchscherer von Hohenelbe herkommen. Rübezahl verwandelt sich geschwind in einen Grenzjäger und fängt ein Gespräch mit dem Burschen an. »Ei, warum wandert ihr denn ganz allein, habt ihr keinen Reisegefährten gefunden?«

»Zwei für einen, aber mit denen war nicht auszukommen, obgleich ich der beste Mensch von der Welt bin. Was scher ich mich drum, ich hab gehört, mein Meister ist gestorben, und da er mir nun nichts weiter antun kann, gehe ich wieder, woher ich gekommen bin, nach Goldberg.«

»Das ist wohl eine große, schöne Stadt?« fragt der Grenzjäger; »ich bin aus Schwaben und erst zwei Tage hier im Lande.«

»Nun, dem kannst du eins aufbinden«, denkt der Goldberger, und sagt: »Ei ja, es hat viel Merkwürdigkeiten in meiner Vaterstadt, besonders den Ratsturm, der ist an die elftausend Fuß hoch, und die Esse des Türmers nimmt allein tausend Fuß davon weg. Wenn die einmal gefegt wird, so braucht der Essenkehrer einen und einen halben Tag und muß Nachtquartier darin machen, wozu mitten in der Esse ein kleines Stübchen gebaut ist.«

»Du Schelm«, denkt Rübezahl, »das soll dir doch nicht ungestraft hingehen.« Der Goldberger aber lügt tapfer weiter. Endlich kommen sie nach Krummhübel, und die Sonne vergoldet die Berge über ihnen zum Entzücken schön. An den Bleichplätzen sind viele Menschen versammelt, und der Tuchscherer grüßt herablassend nach allen Seiten. Aber die Bleicher stemmen die Arme in die Seiten und lachen, daß es in den Bergen widerhallt. Die Wanderer am Wege bleiben stehen und sehen den Goldberger mit Staunen und Entsetzen an. Der sieht nämlich wie ein Kreuzschnabel und Pfefferfresser aus, eine große Nase sitzt in seinem Gesicht und darum noch eine Menge kleine. Das sieht er, wie er eben an einem großen Zuber mit Wasser vorübergeht und erschrickt halb zum Tode darüber. Die Hände vor das Gesicht geschlagen, läuft er in den Wald zurück, verfolgt von dem Gelächter der mutwilligen, jungen Leute, die auf dem Felde und den Bleichen beschäftigt sind.

Der Goldberger blieb die ganze Nacht versteckt, und nur der Hunger trieb ihn endlich wieder dem Dorfe zu. Da begegnet ihm ein Jäger und spricht lachend:

»Ach, du bist dem Berggeist wohl auch in die Hände gelaufen? Deine Nase ist keine natürliche.«

»Ich glaube, der Fremde, der mir in Hohenelbe begegnete, ist der Herr Johannes gewesen und dem habe ich freilich auch eine Nase aufgebunden. Ach, wäre ich nur noch einmal diese schreckliche Nase los, ich wollt in meinem Leben nicht mehr lügen!«

»Topp, es gilt, mein Bursch!« rief der Jäger, »aber, halt auch Wort.« – Und lachend verschwand er zwischen dem hohen Korn. Der Goldberger aber hatte sein natürliches Gesicht wieder.

Der böse Vogt

Es war einmal ein Ritter, der Frau und Kind plötzlich durch den Tod verlor und darüber so in Trübsinn versank, daß ihm nichts auf der Welt mehr Freude machte. Es ward ihm unheimlich auf seiner Burg; ritt er zur Jagd aus, so schien ihm der Wald zu eng; der Wein mundete ihm nicht und dem Trost seiner Genossen und Freunde verschloß er das Ohr. – Endlich beschloß er, seine Heimat auf lange Jahre zu verlassen, füllte den Säckel mit Goldgülden, befahl dem treuen Knappen, die Rosse zu schirren und übergab die Burg seinem Vogte Lutz. Und nun ritt er weit in das Reich hinein.

So lange der Ritter daheim gewesen war, hatten seine Dörfler und Insassen ein glückliches Leben geführt, das ward nun aber bald anders. Vogt Lutz ließ die Ältesten aus den Dörfern, die zur Burg gehörten, herbeirufen, und sagte ihnen, daß sie von nun an doppelt so viel Abgaben bezahlen und statt dreier Tage fünf in der Woche frohnen sollten. Damit wies er ihnen die Tür und hörte ihre Gegenvorstellungen gar nicht einmal an. Nun merkten die Landleute erst, welch ein böser Mensch der Vogt sei, der während der Anwesenheit des Ritters nur immer den Katzenbuckel gezeigt hatte. Als sie daher vors Burgtor kamen, sahen sie sich mit trüben Mienen an, schüttelten sich die Hände und trennten sich mit schwerem Herzen, um die schlimme Kunde den anderen mitzuteilen. Da gab es viele Klagen bei den Weibern, bei den Männern viel Grimm und Zorn; aber sie wollten fürs erste ruhig abwarten, was da kommen würde.

Als sie, wie früher, drei Tage gefrohnt hatten, glaubten sie, daß sie nun ihrer Pflicht Genüge getan hätten und bestellten am vierten Tage ihre eigenen Felder. Da kam um die Mittagsstunde der Vogt Lutz mit einem Schwarm gewappneter Knechte in die Dörfer und trieb die Bauern mit Schwertstreichen auf die Äcker, welche zur Burg gehörten. Er drohte ihnen auch mit schwerer Strafe, wenn er sie nochmals ungehorsam fände, und als die Bauern die Urkunde zu sehen verlangten, daß ihr Herr so Ungerechtes von ihnen begehre, hob er sein Schwert und sagte: »Seht, hier ist Brief und Siegel genug für euch!«

So mußten denn die Bauern ihre Felder vernachlässigen, und was sie befürchteten, traf bald genug ein, sie konnten ihre früheren Abgaben nicht mehr entrichten, viel weniger die neu auferlegten. Da gingen die Ältesten zu dem Vogt und baten ihn auf den Knien, daß er das harte Gebot doch zurücknehmen möchte. Aber Lutz jagte sie mit Peitschenhieben aus der Burg, und es war jämmerlich anzusehen, als die Greise mit ihren silberweißen Haaren so hart geschlagen wurden. Und als die Bauern dennoch das unbarmherzige Gebot nicht erfüllen konnten und der Termin kam, ohne daß sie Geld hatten, ließ der harte Lutz ihr Vieh wegnehmen, um sich daraus bezahlt zu machen. Da vergaß sich ein junger Bauer und stieß böse Reden gegen den Vogt aus; dieser aber ließ ihn sogleich von seinen Knechten umringen und an den Schweif seines Rosses festbinden; so ward er zur Burg geschleift und dort in ein finsteres Verließ geworfen, auf dessen Boden es von Kröten und giftigem Gewürm wimmelte.

Im Dorfe aber wehklagten die Bauern, und am meisten jammerte Anna, die Braut des jungen Landmannes, der die Rache des Vogtes auf sich gezogen hatte. Sie lief weinend in den Wald, und niemand konnte sie trösten. Da begegnete ihr ein hoher Rittersmann, der vom Kopfe bis zum Fuße in glänzenden Stahl gehüllt war. Anna erschrak vor der unerwarteten Erscheinung, als aber der Ritter, sein Visier aufschlug und sie sein edles, männliches Gesicht sah, welches sie freundlich anblickte, da faßte sie Mut. »Was weinst du, mein Kind?« fragte der Ritter mit einer so wohltönenden Stimme, daß Anna davon wunderbar ergriffen wurde. Sie öffnet dem Fremden ihr ganzes Herz voller Zutrauen, indem sie ihm die Geschichte mit dem Vogte von Anfang bis zu Ende erzählte. Aufmerksam hörte ihr der Ritter zu und gebot ihr dann, die Ältesten aus den Dörfern herbeizurufen, die er an der Kapelle vor der Burg erwarten wolle.

Anna vollzog eilig sein Gebot, und ehe die Sanduhr zweimal gewendet war, fanden sich die Gerufenen an der bezeichneten Stelle zusammen. »Liebe Väter«, redete sie der stahlgepanzerte Ritter an, »ich habe von dem Unrecht gehört, daß euch der böse Lutz zugefügt, und da ich ein fahrender Ritter bin, der überall gegen das Unrecht kämpft und seinen Schutz den Bedrängten angedeihen läßt, so will ich auch euch in eurer gerechten Sache beistehen. Geht, ruft alle Männer zusammen, daß ich sie führe und die Burg des Vogtes stürme.« – Woher mochte es kommen, daß die besonnenen Greise allzugleich Vertrauen zu dem fremden Ritter faßten? Es war ihnen, als könne es gar nicht anders sein, als daß sie ihm Folge leisten müßten, und sie eilten in die Dörfer zurück, um den Vorschlag des Ritters kundzumachen. Da griff alt und jung zu den Waffen, waren es gleich nur Stangen und Heugabeln, und damit eilten sie zu der Kapelle, wo der Ritter ihrer wartete. Keiner, der nur einen Prügel schwingen konnte, war zurückgeblieben.

Als die Einwohner der drei Dörfer versammelt waren, überblickte der Ritter die zahlreiche Schar und sprach: »Wenn ihr Mut im Herzen habt, so folgt mir getrost, ich will euch die Burg erobern und den Vogt züchtigen helfen. Wer aber Furcht hat, bleibe daheim. Und das möge mein Zeichen sein, daß ihr mir getrost folgen könnt.« Als er diese Worte sprach, warf er seine riesige Lanze so hoch in die Luft, daß sie fast den Augen der Menge entschwand, und als sie sausend wieder herunterfuhr, fing er sie mit gestrecktem Arm wieder auf. Da jubelten und riefen die Bauern: »Führe uns!« Und fort ging es nun im Sturmschritt gegen die Burg, der Ritter ging in seiner glänzenden Rüstung immer voran der kampflustigen Schar: Als sie die Burg erreicht hatten, rief der Anführer mit Donnerstimme hinauf, Lutz solle sich auf der Zinne zeigen.

Alsbald erschien auch der Vogt, von Neugier getrieben und Spott im Herzen; höhnisch blickte er auf die Feinde hinab. »Ergib dich, Lutz!« rief der Ritter, »und bedenke dich nicht länger, als zwölf Sandkörner brauchen, um in der Uhr zu verrinnen!«

Ach, was sprudelte da der Vogt für Witz- und Schimpfwörter hinaus! Strolch und Strauchdieb wurde der Ritter, Galgenfutter die Bauern genannt; dann lief er zornig hinweg, um seinen Knechten zu befehlen, daß sie das Gesindel von dem äußeren Tore der Burg verjagen möchten. Nun ward ein Hagel von Bolzen nach den Bauern herabgeschossen, aber wunderbar! die tötlichen Geschosse verfehlten alle ihr Ziel, und der fremde Ritter erhob indes seine ungeheure Streitaxt und spaltete mit einem Schlage das Tor der Burg. Hoch schwang er nun seine gewaltige Waffe und stürmte voran; ein wunderbarer Mut beseelte die Bauern, daß sie ihm jauchzend folgten.

Vergebens war alle Gegenwehr der Knechte; wie Blitz und Donner schmetterte die Streitaxt in ihre Reihen; da warfen die Reisigen ihre Waffen weg und baten um Gnade. Der Vogt hatte sich versteckt, ward aber bald gefunden; seine eigenen Leute verrieten ihn. Der Ritter hielt ein kurzes Gericht; nachdem der junge Bauer aus dem Verließ heraufgeholt worden war, vertrieb er die besiegten Knechte aus der Burg.

Nun zog der Ritter ein Pergament hervor; es war die Urkunde vom Tode des eigentlichen Herrn der Burg, der den fremden Ritter zu seinem Erben eingesetzt, weil dieser ihm im Türkenlande einmal das Leben gerettet hatte.

Nun wäre der Ritter ihr neuer Gebieter gewesen, er schenkte aber die Burg und alle dazu gehörigen Ländereien dem jungen Landmanne, der Annas Bräutigam war, machte es ihm aber zur Pflicht, die Bauern nicht wie Leibeigene zu behandeln, sondern ihre Rechte zu wahren und zu schützen. Die Abgaben wurden aber so gering angesetzt, daß alle Sorge und Not für die Bauern vorüber war. Alles dies ward förmlich niedergeschrieben und von dem Ritter unterzeichnet. Als alles dies vorüber war, wurde der neue Burgherr mit seiner Anna getraut, wobei der fremde Ritter schöne Geschenke zum Vorschein brachte, ohne daß jemand begreifen konnte, woher er diese in der Eile genommen hatte.

Nun ermahnte er die Landleute noch zur Eintracht, und nachdem er dem zitternden Lutz befohlen hatte, ihm zu folgen, schied er aus ihrer Mitte, auf eine Weise, die das Staunen der Versammelten nicht wenig erregte. Eine dunkle Wolke senkte sich nämlich plötzlich hernieder und führte den Ritter samt dem Vogt ins Weite. Jetzt erkannten die Bauern mit einem Male, daß Rübezahl ihr Helfer gewesen war, und sahen der Wolke segnend nach, bis sie auf den Gipfel eines Berges sich niedersenkte und verschwand. Der neue Burgherr aber war mildherzig und brav, wie denn der Berggeist Rübezahl seine Leute immer genau kannte. In glücklicher Häuslichkeit und Eintracht lebten die beiden lange Jahre vereint und die guten Jahre ließen sie die schweren Stunden vergessen und viele Freude an ihren Nachkommen erleben. Die Bauern waren glücklich und erzählten noch ihren Enkeln mit Dank und Freude die seltsame Mär von Rübezahl und dem bösen Vogt, aber auch von dem letzten, guten Burgherrn, der so unendlich viel Gutes getan hatte und dessen Andenken lange in Ehren blieb.

Rübezahl straft einen Unwissenden

Als Rübezahl eines Tages im warmen Sonnenschein lag und die Gestalt eines Holzhauers angenommen hatte, um sich irgend einen Spaß mit den Reisenden zu machen, – denn die Langeweile plagte den Berggeist oft so sehr, wie unsere vergnügungssüchtigen Menschen – kam ein Arzt von Schmiedeberg heraufgeschritten, um auf dem Kamme zu botanisieren. Rübezahl war geschwind bei der Hand und erbot sich, dem ermüdeten Bergsteiger das Pflanzenbündel zu tragen, das er sich schon gesammelt hatte.

Dabei hatte er Gelegenheit, in dem Arzt einen prahlerischen Wunderdoktor zu erkennen, der seinem Begleiter viel von seinen fabelhaften Kuren und seiner unvergleichlichen Geschicklichkeit erzählte. Am meisten aber ergötzte es den Gnomen, sich von dem Arzte die Heilkräfte der Pflanzen erklären zu lassen, und da kam es denn, daß der scheinbare Holzhauer dem gelehrten Herrn manchen Irrtum nachwies, oder ihm noch ganz unbekannte Dinge mitteilte. Das verdroß den dünkelhaften Arzt, so daß er zu seinem Begleiter ziemlich verächtlich sagte: »Schuster, bleib bei deinem Leisten!«

Rübezahl belustigte sich an dem Mißmute des Arztes und fuhr ganz ruhig fort, ihm allerlei Aufschlüsse über die Naturkräfte zu geben, so daß jener mit seinen prahlerischen Erzählungen ganz verstummte. »Wenn du so kundig aller Pflanzen und Kräuter bist, vom kleinsten Moose an bis zur Ceder, die auf dem Libanon wächst«, sagte er verdrießlich, »so sage mir doch, du überaus weiser Holzhauer, was wohl früher war, die Eichel, oder der Eichelbaum?«

Der Geist antwortete lächelnd: »Ei doch wohl der Eichbaum, denn die Eichel wächst ja erst auf dem Baume.«

»Siehst du, welch ein Narr du bist«, spottete der Arzt, »wo kam denn der erste Baum her, wenn nicht aus deren Samen er aufwuchs?«

Da erwiderte der Holzhauer: »Ihr habt mir da auch eine zu schwere Frage gestellt; solche Gelehrsamkeit ist mir zu hoch. Was ich weiß, habe ich nur von meiner Mutter gelernt. Vielleicht könnt ihr mir aber einen guten Rat geben; ich habe das Fieber, und schon allerlei dagegen gebraucht; seht nur, wie mich der Frost packt.« Dabei schüttelte sich der Gnom, daß seine Glieder knackten, und hielt den Atem an; darüber ward er ganz blau im Gesicht, und der Arzt sagte: »Ei, ei, mein Freund, da hast du einen schlimmen Anfall; es ist nur ein Glück, daß du an den rechten Mann gekommen bist, ich will dir sogleich helfen.«

Er öffnete seine Blechkapsel, die voll Salbenkrausen und Medizinfläschchen steckte, goß allerlei Säfte zusammen, schüttelte es wohl untereinander, und dem Berggeiste lief es dabei wirklich kalt über den Rücken, wenn er dachte, daß er dieses saubere Gebräu hinunterschlucken sollte. Dann nahm der Wunderdoktor eine große Schachtel voll Pillen, die er ohne Ausnahme als Universalmittel bei den verschiedensten Krankheiten anwendete, gegen Gicht und Kopfschmerzen, Halsweh und alle Fiebergattungen, und hieß den Holzhauer, stündlich zwölf Stück, sowie einen Eßlöffel von der Medizin zu nehmen, davon werde er am dritten Tage schon ganz gesund sein, und dafür solle er ihm nur einen Gulden geben.

»Gewiß, ihr seid ein grundgescheiter Herr«, sagte der Holzhauer, »und will ich auch tun, was ihr mir anratet, nur müßt ihr mir zuvor den Gefallen tun, und mir auch eine Frage beantworten: ›Wem gehört der Grund und Boden, auf welchem wir jetzt stehen? Dem Könige von Böhmen oder dem Herrn vom Berge?‹« (So ward Rübezahl jetzt überall genannt, weil die Benennung Rübezahl ihm mißfällig war, und seinen Zorn reizte.)

Der Arzt bedachte sich nicht langes »Nun, wem anders, als dem Könige von Böhmen, denn Rübezahl ist das Hirngespinnst, um die Kinder zu erschrecken.«

Ader kaum waren diese Worte aus seinem Munde, so verwandelte sich der Holzhauer in eine riesenhafte, fürchterliche Gestalt und sah mit flammensprühenden Augen den Arzt an. »Ich will dir zeigen«, zürnte er, »daß der Herr vom Berge kein Hirngespinnst ist, mit dem man die Kinder fürchten macht, und du sollst es sogleich an deinem eigenen Leibe wahrnehmen. Du unwissender Prahlhans sollst an mich denken, und damit du nie wieder an mir zweifelst, verschlucke sogleich deine edlen Wunderpillen und das höllische Gebräu, womit du mir das Fieber ankurieren wolltest, an dem ich gar nicht leide. Nicht von der Stelle sollst du mir, so lange noch ein Pröbchen deiner gepriesenen Arzneiwissenschaft übrig ist. Die Kranken in den Dörfern unten werden es mir Dank wissen. Nun schlucke, mein Sohn!«

Der Arzt bat und flehte vergebens. Endlich nahm er mit einer Geberde der Verzweiflung das Arzneiglas und tat einen herzhaften Schluck. Die bitteren Tränen traten ihm dabei in die Augen und Schweißtropfen auf die Stirn; aber Rübezahl stand mit aufgehobenen Arm hinter ihm und drohte, ihn zu Boden zu werfen, wenn er zögere. Als nach einem furchtbaren Kampfe die Medizin gut oder übel hinunter war, kamen die Universalpillen daran, wobei sich der Arzt noch viel jämmerlicher geberdete, als das erste Mal. »Es ist mein Tod«, jammerte er, »ich sterbe an dem schauderhaften Zeuge«; aber Rübezahl erinnerte ihn höhnend, wie vorzüglich heilsam diese Dinge wären, welche Wunderkuren er damit schon bewirkt habe, und hieß ihn doch mehr Vertrauen zu seiner Kunst haben. Dreißig Pillen hatte der arme Mann schon bezwungen, dann warf er sich verzweifelt auf die Erde und sagte: »Töte mich lieber sogleich, du grausamer Geist; es kann keinen bittern Tod geben, als durch diese Giftpillen sterben zu müssen.«

»Das merke dir«, sagte Rübezahl und stieß mit seinem Fuße an den Arzt, der mit Schweiß bedeckt an der Erde lag; er rollte von dieser Bewegung den Berg hinab, schlug sich an Steinen, verletzte sich an Baumwurzeln, kam aber doch endlich glücklich auf ebener Erde an, aber zerklopft und zerstoßen, daß er viele Wochen lang das Bett nicht verlassen konnte. Dabei war er so mißtrauisch geworden, daß er immer fürchtete, Rübezahl stecke dahinter, wenn er zu einem Kranken gerufen ward, und sich wohl hütete, seine gewöhnlichen Mittel zu verordnen. »Wer weiß«, sagen die Leute, »ob jener Arzt nicht der erste Erfinder der später so bekannt gewordenen homöopathischen Heilmethode gewesen ist.«

Wie Rübezahl vor Prellerei warnt

»Nun Gott sei Dank, daß wir herauf sind!« sagten drei Görlitzer Tuchmacher oben auf dem Schmiedeberger Paß zu einander, setzten ihre Hocken ab und wischten sich den Schweiß von der Stirn. Sie wollten hinüber nach Böhmen und ruhten jetzt aus vom vielen Steigen. Indem kam ein vornehmer Herr, redete sie an, und wie er hörte, daß sie Tuche bei sich führten, sagte er: »Ich kaufe euch ab.« Obschon die Männer einen sehr hohen Preis forderten, so kaufte er doch jedem von ihnen ab und zahlte das Geld in lauter Dukaten aus. Hierauf reisten die drei Tuchmacher weiter, und wie sie eine gute Strecke gegangen waren, zogen sie lachend ihre Dukaten heraus und freuten sich, den Fremden so geprellt zu haben. Aber zu ihrem großen Schrecken fanden sie statt des Goldes nur Zahlpfennige in ihren Taschen.

Sogleich kehrten sie um und trafen auch an der vorigen Stelle eine Kutsche mit sechs Rossen, darin saß der vornehme Herr, und sie beklagten sich, daß er ihnen Zahlpfennige statt Gold gegeben. »Zeigt doch einmal her«, sagte der Fremde. Wie sie aber ihre Beutel öffneten, war alles gutes Gold. Die Männer standen bestürzt, und jener sagte: »Könnt ihr nicht Gold von Messing unterscheiden? Wenn es euch aber nicht recht ist, will ich euch den Kaufpreis in Talern auszahlen.«

Sie gingen wohlgemut davon, und nach einer kleinen Weile guckten sie neugierig in ihre Säckel, ob auch die blanken Taler noch darin wären. Aber o weh! nun lagen gar Scherben darin; spornstreichs eilten sie zurück, und glücklich hielt die Kutsche noch auf dem alten Flecke. Der Herr fragte, was sie denn schon wieder wollten, und sie forderten ihre Tuche zurück. Aber da ward er sehr zornig und sagte, er habe sie ehrlich bezahlt, sie möchten nun ruhig ihres Weges ziehen. Hierauf fuhr er rasch über den Paß hinunter, und die betrübten Tuchmacher setzten wehklagend ihren Weg fort. Als sie aber nach Libau kamen und ihre Säckel ausschütteten, waren wirklich gute Taler darin, aber genau nur so viel, als sie mit gutem Gewissen für die Tuche hätten fordern können, nicht einen Pfennig mehr; ihr ungerechter Profit war also verloren, und die ausgestandene Angst, die Mühe des unnötig gemachten Weges hatten sie noch obendrein. Das war ihre Strafe für ihre Habgier und Gewinnsucht; zuerst ärgerten sie sich grün und blau darüber; später aber nahmen sie sich vor, nie wieder jemand betrügen zu wollen. Sie hatten gemerkt, wer der fremde Herr gewesen war, und sie haben seitdem oft an das Wort gedacht:

Niemand übervorteile seinen Bruder im Handel!

Rübezahl betrügt die Geldmäkler

Einige Juden, die dem Rübezahl, ohne ihn zu kennen, schlechte Waren für übermäßige Preise verkauft hatten, freuten sich über die seltenen und ungewöhnlich großen Goldstücke, die er ihnen als Zahlung gegeben, hatte und waren kaum in der nächsten Herberge angelangt, als sie ein einsames Kämmerchen begehrten, um die Goldstücke zu beschneiden, wie sie es immer mit Dukaten zu tun pflegten.

Als sie aber das scharfe Messer ansetzten, um etwas am Rande des Goldstückes abzuschneiden, fuhr dasselbe ab und mitten durch die Münze, so daß sie in zwei Hälften geteilt ward, wovon die eine auf den Boden fiel, wo sie trotz alles Suchens nicht wiedergefunden ward. Ein Gleiches begegnete den betrügerischen Juden bei dem zweiten und dritten Goldstücke, und sie verloren auf diese Weise weit mehr, als sie bei ihrem Handel zuvor verdient hatten.

Einer von den Wechslern meinte, er wolle sein Goldstück schon auf eine klügere Weise beschneiden, nahm eine Feile und schabte den feinen Goldstaub auf eine untergelegte Glasplatte; aber zu seinem größtem Verdruß riß die Feile viel weiter, als er es gewollt hatte, so daß selbst das Gepräge des Goldstückes angegriffen war. Der Staub aber, den er sorgfältig sammeln wollte, blieb an seinen Händen kleben und konnte durch nichts davon losgemacht werden. Das ärgerte den Juden am meisten, daß er das Gold an den Händen hatte und doch keinen Gebrauch davon machen konnte.

Die Springwurzel

Rübezahl hat im Gebirge einen eigenen Krautgarten. Man zeigt ihn seitwärts auf dem Koppenplan, nicht weit von der Wiesenbaude, an einem Abhange nach dem Aupengrunde zu. Dort ist das Gebirge an den saftigsten Kräutern reich, die von alten Zeiten her zu den kräftigsten Essenzen gebraucht wurden, und auch jetzt noch von den Einwohnern des Dorfes Krummhübel zur Bereitung von Tee und Medikamenten gesammelt werden.

Unter allen diesen heilsamen Kräutern ist ganz vorzüglich eins in der Märchenwelt sehr berühmt geworden. Dieses Zauberkraut heißt die *Springwurzel* und wächst nur in Rübezahls Garten. Sie ist von der köstlichsten Art und heilt die langwierigsten und hartnäckigsten Krankheiten. Da sie aber den Erdgeistern zur Nahrung dient, erlaubt Rübezahl nur seinen besonderen Günstlingen, sie ungestraft herauszugraben.

Einst war in Liegnitz eine vornehme Dame krank und ließ einen Bauer aus dem Gebirge zu sich rufen, dem sie den Auftrag gab, ihr die Springwurzel aus Rübezahls Garten zu verschaffen, wofür sie ihm eine große Belohnung versprach. Das viele Geld verlockte den Bauer zu dem gefährlichen Gange; er suchte den bezeichneten Ort auf, und als er in die einsame, wüste Gegend kam, ergriff er den Spaten und fing an, nach der Springwurzel zu graben, die ihm nicht unbekannt war.

Während dieser Arbeit, wo er das Gesicht tief zur Erde beugte, pfiff plötzlich ein Windstoß von einem Felsen in der Nähe her, und er hörte einen donnernden Zuruf, dessen Worte er aber nicht verstand. Er sah sich daher ganz erschrocken nach jener Gegend um und erblickte nun am Rande des Felsens eine riesenhafte, schreckliche Gestalt. Ein langer, weißer Bart fiel fast bis zu den Füßen nieder, und eine ungeheuer große Nase beschattete das Gesicht, das ebenso von weißen Haaren umhangen war, die im Winde vorwärts flogen, ja von denen, sowie aus den weiten Falten des Mantels, der Sturm eigentlich auszugehen schien. Der wilde, furchtbare Greis hielt eine riesige Keule in seiner Hand und rief mit einer dem Donner ähnlichen Stimme: »Was tust du da, Elender?«

Ein Schauer schüttelte die Glieder des rüstigen Bauern, ehe er sich zu der Antwort ein Herz faßte: »Eine kranke Frau verlangt nach einer Springwurzel und ich suche danach!«

Da schrie die Gestalt zurück: »Du hast eben jetzt eine gefunden, die darfst du behalten, aber hüte dich, ein zweites Mal wiederzukommen.« Und dabei schwang sie die Keule mit einer drohenden Gebäude.

Der Bauer lief, so geschwind er konnte, hinweg und wagte nicht mehr, nach der furchtbaren Erscheinung zurückzublicken. Als ihm aber die kranke Dame für die Springwurzel eine Hand voll harter Taler gab, vergaß er den gehabten Schreck, und tat sich etwas zu gute. Jene aber war kaum im Besitz der heilsamen Wurzel, als sie sichtlich gesünder und kräftiger wurde. Da sie nun wohl sah, wie dies Mittel allein ihre gänzliche Wiederherstellung bewirken könne, ließ sie den Bauer noch einmal zu sich rufen. »Willst du mir noch eine Springwurzel holen, so sollst du doppelt soviel dafür bekommen, als das erste Mal«, sagte sie.

»Ach, gnädige Frau«, antwortete der Bauer ganz ängstlich, »ich mag es nicht wieder wagen, in Rübezahls Kräutergarten zu gehen; denn er ist mir in schrecklicher Gestalt erschienen und hat mir den Tod gedroht, wenn ich jemals wiederkäme.«

»Bedenke aber, wieviel Vorteil du davon haben könntest; der Berggeist hat dich nur schrecken wollen, damit nicht zu viele kommen und die Einsamkeit seiner Berge stören möchten. Auch hat man nie gehört, daß Rübezahl einem mutigen Menschen ein Leid getan hätte.« Auf solche Weise suchte die Dame dem Bauer seine Furcht auszureden, bis er endlich ihren verlockenden Versprechungen nicht länger widerstehen konnte. Und zum zweiten Male wagte er, das innere Heiligtum des Gebirges zu betreten.

Er grub mit großer Angst und Hast, aber kaum hatte er den Spaten einigemal in die Erde gestoßen, da erhob sich derselbe Sturm, nur noch weit furchtbarer, als früher, und als er blaß vor Schreck nach dem Felsen hinblickte, stand die Gestalt noch viel schrecklicher und drohender da, und ihre Augen schienen Feuer und Flammen zu sprühen.

»Was tust du da?« hallte es wie ein Erdbeben von dem kahlen Felsen herüber.

»Ich suche die Springwurzel für eine kranke Frau, die sie mir teuer bezahlen will«, wagte der Bauer zu antworten. Da blitzte ein furchtbarer Zorn aus den Augen des Berggeistes. »Ich habe dich gewarnt und du wagst es doch, in dein Verderben zu rennen, Unsinniger! Die du hast, magst du behalten, aber nun rette dich, wenn du kannst!« – Bei diesen Worten flog die ungeheure Keule sausend durch die Luft, nach dem verzagenden Bauer hin, aber zur rechten Zeit noch sprang er zur Seite, und sie schlug tief in den harten Boden. Die Erde erbebte unter diesem gewaltigen Wurfe und ein lange wiederhallender Donner betäubte den Bauer, daß er bewußtlos zu Boden sank.

Erst nach langer Zeit erholte er sich von seiner Betäubung, aber alle Glieder des Leibes schienen ihm zerbrochen zu sein. Die Springwurzel hielt er zum Glück noch fest in der Hand, und damit kroch er mühsam am Boden hin; der Regen und die tief ziehenden Nebel durchnäßten und verirrten ihn: er geriet bald an den Rand gefährlicher Abgründe, bald an einen stürzenden Gebirgsstrom, der seinen Weg hemmte, und zwei Tage und zwei Nächte lang irrte er halb verschmachtet durch das Gebirge, ohne sich zurechtfinden zu können, bis ein Köhler dem Unglücklichen begegnete und ihn halbtot zurück in seine Hütte brachte.

Der Bauer konnte erst viele Tage später die mit so vieler Gefahr gewonnene Wurzel nach Liegnitz tragen, wo die reiche Belohnung ihn endlich die ausgestandene Angst vergessen ließ.

Nun verging eine lange Zeit, während welcher die kranke Dame fast ganz gesund ward und nur selten Anfälle ihres Übels bekam. »Hätte ich nur noch eine frische Springwurzel, dann wäre mir auf immer geholfen, das fühle ich«, sagte sie und sandte wieder nach dem Bauer, der anfänglich durchaus nicht kommen wollte.

Aber die Begier nach Geld und Gut ist ein böser Geist, der uns wider Willen vorwärts treibt. So ging es auch dem Bauer. Er kam endlich doch nach Liegnitz und sagte: »Da bin ich, gnädige Frau, was wollt ihr von mir? Ich will alles tun, nur nicht mehr in Rübezahls Garten gehen, davor soll mich Gott bewahren. Wüßtet ihr, wie schlimm es mir das vorige Mal gegangen, und wie ich fast das Leben verloren hätte, so würdet ihr mich garnicht mehr an diese schrecklichste Zeit meines Lebens erinnern.«

»O doch«, antwortete die Dame, »will ich dich heute beschwören, mir zum letzten Male die heilsame Wurzel zu holen. Ich bin reich genug, dich für jede Angst und Gefahr zu belohnen und gebe dir ein schönes, reiches Bauerngut, wenn du den Gang noch einmal für mich wagen willst!«

Da verblendete die Begier nach dem versprochenen Reichtum den Bauern so sehr, daß er alle Gefahr vergaß und der Dame zusagte, die Springwurzel zu holen, solle es auch sein Leben kosten.

»Bis jetzt«, sagte er, »hat mir der Geist ja nur gedroht, und um ein reiches Bauerngut kann ich auch allenfalls eine Tracht Schläge schon hinnehmen. Dann aber soll mich keine Macht der Welt mehr ins Gebirge bringen, bin ich nur erst ein reicher Mann und kann in Herrlichkeit und Freude leben.«

Aber allein wagte er dieses Mal doch nicht zu gehen. Er nahm daher seinen ältesten Sohn mit sich und sagte, sie wollten nach der Koppenkapelle wallfahrten. Das war der Knabe wohl zufrieden, und so gingen sie nebeneinander hin, bis das Gebirge immer steiler und kahler wurde. Tief unten in den Schneegruben leuchtete der Schnee noch frisch und weiß, wie ein Leichentuch, obgleich es im Hochsommer war, und dem Bauer kamen dabei allerlei trübe Gedanken ein. Er wußte nicht, wie es kam, daß sich plötzlich in ihm eine Stimme regte, die sprach: »Böse Geister haben dich von Jugend auf verlockt, daß du nie nach dem ewigen, sondern, immer nach dem zeitlichen Gut gestrebt hast. Wild und wüst hast du daher immer gelebt, als ob mit dem Tode alles vorbei wäre; der Reichtum und die Lust der Welt, das war dein Götze, und sie werden dich ins Verderben führen.«

Aber der Bauer suchte die warnende Stimme zu betäuben, indem er nur immer an das prächtige Leben dachte, welches er führen wollte, wenn er erst ein Bauerngut hätte. Und so ergriff er denn hastig den Spaten und fing an zu graben. Da erhob sich eine Windsbraut, die Bäume drunten im Tale stürzten davon zusammen, und ein Wolkenbruch flutete herab, so daß in einem Augenblicke die kleinsten Bäche zu wilden Strömen anschwollen, aus der Erde drang ein Wehklagen, und eine wilde Kluft öffnete sich plötzlich, daraus fuhr eine große Gestalt auf, die ergriff den besinnungslosen Bauer und stürzte sich mit ihm in die schauerliche Tiefe. Immer ferner und schwächer hörte der Sohn die Stimme seines unglücklichen Vaters.

Endlich heiterte sich der dunkel umhangene Himmel wieder auf, der brausende Sturm zog die gewaltigen Schwingen ein, und der verlassene Knabe suchte erschreckt die Kapelle, um sich dem Schutze Gottes zu empfehlen. Und in derselben Stunde starb in Liegnitz die Frau am Schlage.

Der gefundene Esel

Hans und seine Schwester Marie dienten bei einem Bauer in Stonsdorf, einem Dorfe im Riesengebirge, das etwa eine Stunde von Warmbrunn liegt und durch den *Prudelberg* berühmt ist, einer wunderbaren Granitmasse, darin man die Rischmannshöhle findet, in welcher der Prophet Rischmann im Jahre 1630 seine ersten Weissagungen tat. Sie waren beide so fleißig und ordentlich, daß sie sich schon eine kleine Summe erspart hatten; damit gingen sie nun nach Warmbrunn auf den Markt, um ihrer kranken Mutter eine Kuh zu kaufen.

Sie hatten sich am Wege in das blühende Haidekraut gesetzt, zählten ihr Geld und bauten allerlei Luftschlösser, wie sie nach und nach das schlechte Häuschen der Mutter verbessern und ein Stück Acker dazu kaufen wollten. Dann sollte es die Mutter gut haben auf ihre alten Tage.

»Und«, sagte Hans, »hab' ich es einmal erst so weit gebracht, daß ich Getreide verkaufen kann, dann halte ich mir ein Pferd; das will ich so gut halten und so blank putzen, wie die Rappen des Edelmannes. Das soll eine Freude für mich sein, in die Stadt zum Markte zu reiten, daß die Leute denken, es komme ein reicher Pächter auf seinem schmucken Gaul daher.«

»Werde nur nicht hochmütig«, sagte die Schwester besorgt, »Hochmut kommt vor dem Fall. Stecke nur das Geld wieder in die Tasche und laß uns weiter gehen.«

Hans schob den Beutel in die Jacke zurück und schickte sich an, der Schwester zu folgen, da sprang ein stattlicher Esel aus dem Gesträuch am Wege und lief dem Burschen fast in die Hände.

»Ei, da hätt' ich ja gleich einen hübschen Anfang«, lachte Hans und hielt den Esel am Strick fest, der um dessen Hals geschlungen war. »Bruder, du wirst doch nicht das Tier behalten wollen?« fragte Marie ängstlich. »Närrchen«, antwortete dieser, »hältst du mich für gar so schlimm? Wenn ich auch gern reich werden und ein bequemeres Leben führen möchte, so werd' ich doch nicht etwa deshalb ein Dieb und Betrüger werden sollen. Das wolle Gott verhüten! gehe du rechts in das Gebüsch, ich will zur linken Seite suchen, ob wir den Herrn des Esels finden können.«

Die Geschwister suchten und riefen, warteten dann fast eine Stunde lang an der Straße, ob nicht jemand kommen würde, den Esel zu suchen, aber es ließ sich nichts hören und sehen; und da sie nun eilen mußten, um nach Warmbrunn zu kommen, weil sie am Abende wieder bei ihrem Dienstherrn sein mußten, nahmen sie den Esel mit, wobei sie hofften, daß ihnen der Eigentümer desselben vielleicht auf dem Wege begegnen würde.

Hans führte das schöne, starke Tier am Stricke, als er aber einige Schritte gegangen war, dachte er: »warum sollte ich es mir nicht bequemer machen?« – setzte sich auf den Esel und ritt. Marie nahm nun statt seiner den Strick in die Hand. Das ging eine Weile recht gut, aber mit einem Male fing der Esel an zu springen, schlug mit den Hinterfüßen aus und machte einen so krummen Rücken, daß Hans auf das jämmerlichste hin- und hergeworfen wurde und gar nicht wußte, wo ihm der Kopf stand. Er wäre gern abgestiegen, aber der Esel ließ sich nicht einen Augenblick halten, zerriß den Strick, an dem Marie ihn führte und setzte über den breiten Graben, wobei er den Reiter abwarf, daß diesem die Ohren brummten. Da lag unser Held ganz still und konnte sich kaum rühren; jammernd kam die Schwester herbei und half ihm wieder auf; der Esel aber trabte den Bergen zu und verschwand.

Ganz kleinlaut schlich der arme, geschlagene Hans neben der Schwester her, deren Sprichwort sich schon an ihm bewiesen hatte. Endlich kamen sie nach Warmbrunn und fanden auch bald eine gute Kuh für einen ziemlich, billigen Preis; aber als Hans das Geld zahlen wollte, stand er plötzlich mit kreideweißem Gesicht vor der Schwester, – der Beutel war verschwunden und mußte ihm bei dem tollen Ritt aus der Tasche gefallen sein. Nun war das Leidwesen groß und guter Rat teuer; da standen die Geschwister vor den Trümmern all ihrer Hoffnungen. Der Verkäufer der Kuh aber glaubte, er habe es mit listigen Betrügern zu tun, die ihn nur anführen wollten und rief die Polizei zu Hilfe. Hans sollte nun eingesteckt werden, aber Marie bat so rührend für den unschuldigen Bruder, daß man sie endlich beide ruhig ziehen ließ, und nur ein Troß von Straßenbuben sie noch verfolgte, worüber sich Marie so sehr schämte, daß sie die Augen voll Tränen hatte.

Auf dem Heimwege durchsuchten die betrübten Geschwister das ganze Gebüsch, um vielleicht ihren Beutel wiederzufinden, aber vergebens. »Den Spuk hat uns kein anderer getan, als der Rübezahl«, sagte Hans zornig; »ich wollte, der boshafte Geist stände hier vor mir, daß ich ihn meinen starken Arm könnte fühlen lassen; es wäre mir auch ganz recht, wenn er mich in der Wut dafür tötete, denn daß ich nun mit leeren Händen zu der Mutter heim kommen soll, schnürt mir fast die Kehle zu vor Betrübnis.«

»Hans«, sagte die Schwester, »ich glaube, der Berggeist hat uns nur eine gute Lehre geben wollen. Warum wünschten wir uns auch so viel

Glück, da wir doch mit der Freude gar wohl hätten zufrieden sein können, unserer armen Mutter eine Kuh zu kaufen.« –

Hans schwieg verdrießlich. So gingen die Geschwister still nebeneinander heim und dann jedes an seine Arbeit; Marie in den Stall, um die Kühe zu melken, Hans auf den Boden, um Häcksel zu schneiden. In seinem Unmut wollte ihm aber die Arbeit gar nicht von der Hand gehen und es brach bald da, bald dort etwas entzwei.

»Reich' mir doch ein Stück Strick herauf«, rief er in den Stall hinab, und Marie griff in die Tasche, wohin sie das Ende des Strickes gesteckt hatte, das sie in der Hand behielt, als der Esel sich losriß. Hans wollte die Häckselbank damit befestigen, aber der Strick war spröde wie Eisen, und als sich der Hanf oben abschälte, flimmerte und glänzte es inwendig.

Hans sah verwundert nach, – da war der Strick von lauter Goldfäden zusammengedreht. – Nun waren die Geschwister mit einem Male reich, sie konnten zwei stattliche Kühe kaufen und den Acker vergrößern. Nun bewirtschafteten sie gemeinschaftlich das Häuschen der Mutter und hegten und pflegten diese mit treuer Kindesliebe. Hans aber vergaß die Lehre des Bergsgeistes nicht, und obgleich sein Wohlstand sich von Jahr zu Jahr mehrte, blieb er doch einfach und schlicht, so daß er nach wie vor zu Fuße nach der Stadt auf den Markt ging und seine Pferde nicht zum Staat und zur Bequemlichkeit, sondern allein zu seiner Ackerwirtschaft hielt. Man sagt, das Reiten sei ihm auf immer verleidet gewesen!

Im ganzen Dorfe waren sie angesehen wegen ihres rechtschaffenen Lebenswandels und der Sorgfalt für das Wohl ihrer alten, schwachen Mutter.

Der Spieler

Von Agnetendorf stieg ein junger Bursche hinauf nach dem Korallenfelsen und sang dabei so laut und lustig, daß es in den Bergen weithin hallte. Rübezahl, der auch eben über das hohe Rad kam, hörte den Gesang und dachte, da scheint ein *fröhlicher* Mensch zu kommen, wir wollen einmal versuchen, ob es auch ein *guter* ist.

Und er nahm alsbald die Gestalt eines alten Drehorgelspielers an, der den ganzen Sommer hindurch am Fuße des Berges saß und die Reisenden mit Musik bewillkommnete, wofür er eine kleine Gabe empfing. Der Alte war aber heute nicht an seinem Platze, weil im Dorfe unten eine Hochzeit war, wobei er aufspielte. Nun saß Rübezahl statt seiner da und spielte: »Fröhlich und wohlgemut.«

Als der Bursche dem Leiermann nahe kam, zog er seinen Beutel aus der Tasche und warf ihm einen Groschen zu, wobei er singend und pfeifend seines Weges ging und sich gar nicht um den Dank des Alten zu kümmern schien.

»Glückliche Reise!« rief ihm Rübezahl freundlich nach und ging nun auch seines Weges. Der junge Bursche aber wandert rüstig weiter, bis zu den Elbwiesen. Da sieht er mehrere junge Leute, welche Kegel schieben, und bleibt dabei stehen. Er konnte nämlich bei keinem Spieltisch, bei keiner Kegelbahn vorbei, ohne sein Glück zu versuchen; auch jetzt kribbelt und juckt es ihn in den Fingern, und er ist wie gebannt an der Stelle; sein fröhlicher Gesang ist verstummt, und begehrlich folgen seine Blicke der Kegelkugel, die auf dem frischen Grün der Wiese wie auf einer Bahn von Sammet dahinrollt. Endlich fordern ihn die jungen Leute auf, mitzuspielen, und sagen, er solle doch auch einmal sein Glück versuchen; auf der Reise brauche man immer Geld, wenn er gut schiebe, könne er vielleicht etwas gewinnen.

Das läßt sich unser Bursche nicht zweimal sagen, sondern tritt rasch hinzu und schiebt mit, gewinnt auch einen Groschen um den andern und bald ein hübsches Sümmchen zusammen. Aber obgleich sich die Dunkelheit schon auf das Gebirge senkt, bekommt er das Spiel doch immer noch nicht satt; die andern haben schon längst aufhören wollen, und vom Dorfe her schallt schon die Abendglocke herauf, unser junger Bursche versucht immer wieder das Spiel im Gang zu erhalten, weil er gar zu gerne spielt.

Von dieser Zeit an verlor unser Bursche aber nach und nach den ganzen Gewinn und endlich auch sein Reisegeld, so daß er keinen Pfennig mehr in der Tasche behielt.

Als er nun ganz niedergeschlagen seinen Weg, über die Elbwiesen fortsetzte, rief ihm einer der Spielkameraden zu, er solle sich doch zum Andenken wenigstens einen Kegel mitnehmen. »Ei«, denkt unser Bursche, »der Vorschlag ist ja wunderlich; aber wie mögen nur überhaupt die Kegelschieber hier herauf gekommen sein, ob das nicht etwa ein Spaß von Rübezahl ist? Da wird vielleicht der Kegel zu Gold in meiner Tasche!« – Er kehrte um, suchte den nun verlassenen Kegelplatz nochmals auf, und da die Kegel vom Spiel noch dort lagen, steckte er heimlich einen Kegel nach dem andern ein; nur die Kugel ließ er liegen, denn er trug ohnedies schon schwer genug. Als er nun schon hinab bis zum Zackenfall gekommen war, wollte er einen Kegel herausziehen, um zu sehen, ob er sich in Gold verwandelt habe, aber o weh – das war kein feiner Spaß vom Rübezahl – der betrogene Bursche griff in lauter Schmutz, und ein schallendes Gelächter belehrte ihn, daß der Berggeist seine Spiellust auf solche Weise bestraft habe. – Sein Geld hatte er verloren; später als ihm lieb war kam er ins Tal, seine Kleider waren beschmutzt und ausgelacht fühlte er sich obendrein. Freilich half die gute Lehre nicht allzulange. Im Hochgebirge findet sich aber noch jetzt die Kegelkugel Rübezahls und beweist die Wahrheit dieser Geschichte. Wieder einmal hatte Rübezahl einen Menschen gezüchtigt, der nur an sich dachte und nicht Herr seiner Leidenschaften war; möchten sich doch alle dieses Märchen zu Herzen nehmen, aber besonders solche, die von der bösen Spielwut beherrscht werden. Gibt es auch keine Geister mehr, so doch eine allwaltende Vorsehung, welche schafft, daß jedes Laster sich in sich selbst bestraft.

Rübezahl und der Schneider

Einmal kam der Berggeist nach Landeshut und trug ein Päcklein Tuch unter dem Arme. Nach einem Schneider fragt er ein kleines Mägdlein, das am Brunnen Wasser holt, und dieses weist ihn in ein nahes Haus, wo es gar stattlich aussieht. Als er nun in die Stube tritt und den Meister höflich anspricht, ihm einen Rock zu machen, auch den großen Ballen Tuch vor ihm ausbreitet, denkt der pfiffige Schneider, der ist auch nicht aus Landeshut, solch' vornehme Leute kommen mir nicht alle Tage unter die Schere. Er legt also das Tuch doppelt und macht dann ein bedenkliches Gesicht, als werde er damit wohl schwerlich, auskommen zu einem ganzen Rocke. Rübezahl schwatzt indes mit den Gesellen und tut, als sehe er nicht, was vorgeht.

Darauf versprach der Meister, der Rock solle in acht Tagen fertig sein, und Rübezahl ging weiter. Als die Zeit um ist, schickt er einen Diener, läßt die Sachen abholen und sagen, er werde nächstens selbst kommen und mehr Arbeit bestellen, auch alsdann das Macherlohn bezahlen.

»Ei, recht gern«, sagte der höfliche Schneider und denkt, an diesem Kunden läßt sich ein guter Schnitt machen. Als aber acht Tage verstreichen und sich der Fremde nicht sehen läßt, wird's dem Meister doch bedenklich und er beschließt, das Tuch zu verkaufen, um das er jenen gebracht hat, so daß er doch nicht um sein Arbeitslohn komme. »Ein Mal einem vornehmen Herrn getraut und nie wieder«, denkt er, schlägt, sich endlich die Geschichte aus dem Sinne und holt das Tuch herbei. Aber da war es eine Decke, aus Schilf geflochten. – Das kam ihm doch auch gar zu wunderbar und bedenklich vor.

Nun geschah es lange Zeit darauf, daß er mit seinen Gesellen die Koppe bestieg, und da begegnete ihnen Rübezahl, ganz lustig auf einem Bocke reitend. »Du willst wohl das Arbeitslohn für das Kleid holen, so du mir gemacht hast?« ruft er dem erschrockenen Meister zu.

Da geht diesem ein Licht auf; aber ein rechter Schneider ist pfiffig und weiß sich immer zu helfen. »Gnädiger Herr«, spricht er, »deshalb stieg ich nicht auf das Gebirge, denn ihr habt Kredit, so lange es euch beliebt; ich mache nur eine Reise nach Böhmen und hoffe, ihr werdet nichts dawider haben. Ich will euch auch mein Lebtag gern redlich dienen.«

»Nun, da du so nachsichtig bist, will ich mich auch dankbar bezeigen«, spricht Rübezahl, »ich will dir mein Reitpferd schenken, aber wehe dir, so du dich dessen, nicht überall bedienst.«

Nun hatte der Schneider keine Courage, obgleich das recht unglaublich klingen mag, und wollte sich durchaus nicht auf den Ziegenbock setzen, der kerzengrade auf seinen Hinterfüßen stand. Aber Rübezahl hob die Hand, um dem zaghaften Meister in den Sattel zu helfen. Der Schneider aber war so leicht, daß Rübezahls Arm mit ihm eines Kirchturms Länge in die Luft hinauffuhr, denn der Berggeist hatte gedacht, er werde doch mindestens über hundert Pfund zu heben haben, und wog der Schneider nicht viel über fünfzig. Dabei flog der Handschuh Rübezahls ihm von den Fingern und liegt noch heutzutage nicht weit von Rübezahls Kanzel, wovon sich jeder überzeugen kann.

Der Schneider aber saß kaum auf dem Reitpferde, als dies mit ihm dahintrabte; die Gesellen hielten sich pfiffig an den Schwanz desselben und kamen nun auch so geschwind, wie der Meister, von der Stelle. Aber wo sie hinkamen, traf sie das Gespött der Leute, und doch wagte der ehrsame Meister keinen Schritt zu Fuße zu gehen, sondern bediente sich immer aus Furcht vor dem Berggeiste des verhaßten Bockes.

Weil er nun aber in jedem neuen Kunden immer wieder den Rübezahl vermutete, so hütete er sich wohl, das frühere Kunststück zu wiederholen und ward von da ab der ehrlichste Schneider der Welt.

Es hüte sich jeder nicht vor dem Berggeist – sondern vor der Sünde im allgemeinen, denn sie ist es, die den Menschen in der Gestalt des bösen Gewissens oft mehr quält, als alle Gnomen und Erdgeister.

Lieber bleibe arm auf Erden,
Als durch Untreu reich zu werden.

Rübezahl und der lügenhafte Knecht

Rübezahl
Schritt einmal
Still vom Berg hinab ins Tal!
Da, auf Wegen
Voller Segen
Kam ein Großknecht ihm entgegen,

Dieser spricht:
»Kam dir nicht
Rübezahl droben zu Gesicht?«
»Schwerlich!« sagte
Der Befragte
Dem der Name nicht behagte.

»Rübezahl?
Weiß nicht mal,
Ist's ein Mensch oder ist's ein Aal!« –
»Ihn nicht kennen!

  Auf den Sennen
Jedes Kind weiß ihn zu nennen.«

»Hör! der so heißt,
 Ist ein Geist,
Der gar dreist sich oft erweist.«
 Viel Geschichten
 Voll Erdichten
Wußte nun er zu berichten.

»Aber letzt« –
Sagt er jetzt –
»Hab ich ihn in Angst gesetzt!
 Auf der Koppe,
 Daß er mich foppe,
Rannt' er auf mich zu im Galoppe.

Doch geschwind,
 Mutig gesinnt,
Hielt ich ihm, dem Teufelskind,
 Diesen geweihten,
 Schön gereihten
Rosenkranz vor, – ihn abzuleiten.

 Gott sei Dank!
 Daß gelang,
Ins Gebüsch entfloh er bang.
 Mädchenstehler!
 Rübenzähler!
Nur der Dummen Furcht und Quäler!

 Also rief,
 Wie er lief,
Ich ihm nach. – Er nahm das schief, –
 Ward' gar böse,
 Macht' ein Getöse,
Als ob der Berg von der Erd' sich löse.

Doch – durchs Gebraus
Kühn hinaus,
Schritt ich mutig fort nach Haus.«
So erzählte
Der Gestählte,
Wissend, daß alle Wahrheit fehlte.

»Bist du zu End?«
Frug behend
Rübezahl, als ob's ihm brennt,
»Ich nun sage:
Rübezahl wage,
Daß er dich Lügen straf' und schlage!

Sahst ihn noch nie,
Außer jetzt hie.
Ich bin's. Und ich schlage dich, sieh!«
Nach den Schlägen
Wachsen dem trägen
Knecht die Ohren, wie Gras nach dem Regen.

»Wo man dir traut,
Rühm' nun laut,
Daß du den Rübezahl geschaut!
Wünschen Toren
Es beschworen, –
Schwör's bei deinen Eselsohren!«

Der reiche Bäcker

In Hirschberg lebte ein reicher Bäcker, der in großem Ansehen unter der Bürgerschaft stand und abends auf der Bierbank immer das große Wort führte, der aber hart und geizig gegen die Arbeiter war, die um Lohn bei ihm dienten, sowie gegen die Bauern, welche ihm das Holz anfuhren. Von denen suchte er immer die ärmsten aus, die nötig Geld brauchten, machte ihnen kleine Vorschüsse und hatte sie dann gewissermaßen in den Händen, daß er ihnen am Preise abdrücken konnte, so viel er wollte.

Nun trug es sich einstens zu, daß ein armer Bauer ihm ein Fuder Holz brachte, wofür das Fuhrlohn schon zuvor bedungen worden war; als er es aber im Hofe des reichen Bäckers abgeladen hatte, gab ihm dieser doch wieder eine Mark weniger. Darüber war der Mann sehr bestürzt und machte dem Bäcker die rührendsten Vorstellungen, wie er den größten Schaden an Wagen und sonstigem Gerät habe, wenn er so viel verlieren solle; aber jener antwortete nur kurz, daß sich der Bauer das Holz ruhig wieder aufladen und mit nach Hause zurücknehmen könne, wenn er es um diesen Preis nicht lassen wolle.

Das war freilich leicht gesagt, aber der arme Bauer hatte dabei einen ganzen Tag Arbeit verloren und sein Pferd und Wagen ganz umsonst abgenutzt. Außerdem wollte er für das Holzgeld Saatgetreide kaufen und was blieb ihm nun anderes übrig, als sich den Abzug geduldig gefallen zu lassen. – Aber traurig fuhr er aus der Stadt zurück, denn wenn er auch den ungerechten Mann hätte verklagen wollen, so hätte er doch lange warten müssen, ehe die Sache entschieden worden wäre, und dann hätte er auch einen Kostenvorschuß machen müssen. Der Weg zur Gerechtigkeit ist nicht für die armen Leute, sondern für die reichen! – Also fuhr er traurig und bekümmert seines Weges und erzählte sein Unglück einem Nachbar, den er auf dem leeren Holzwagen mit nach Hause nahm.

Rübezahl, der eben aus der Stadt kam, ging nebenbei auf der Straße und hörte die Geschichte mit an und beschloß, dem reichen Bürger einen Denkzettel zu geben. »Wenn er mir nur einmal in mein Revier käme«, sagte er zu sich selbst, »dann sollte er wohl gründlich kuriert werden.« Aber der Bäcker hütete sich wohl, eine Reise ins Hochgebirge zu machen, dazu war er viel zu geizig.

Nun sitzt er aber eines Tages in seiner Putzstube und trinkt ein Schälchen Warmbier, da tritt ein Mann zu ihm herein und sagt, er habe gehört, daß der Meister einen Holzmacher brauche und dazu biete er sich an; dabei wolle er billiger sein, als jeder andere.

Der Bäcker sah den Fremden, der gar nicht wie ein Holzmacher aussah, mit großen Augen an, aber Geiz und Eigennutz verblendeten ihn doch so sehr, daß er mit ihm in den Holzhof ging und ihm dort mehr als fünf Klafter Holz zeigte, die gespalten werden sollten. »Wieviel wolltet ihr wohl dafür haben?« fragte er neugierig.

»Ei nun«, antwortete der fremde Mann, »ich bin ein Bürger aus Schweidnitz, und haue mehr zu meinem Vergnügen und meiner Bewegung Holz, denn ich leide an der Leber, und darum kommt es mir nicht sonderlich auf den Verdienst an. Wenn ihr mir eine so große Hocke Holz dafür geben wollt, als ich mit einem Male fortbringe, so will ich euch den ganzen Vorrat klein machen.«

»Nun, das nenn' ich mir einen Narren«, lachte der Bäcker ins Fäustchen, und da er einen guten Handel abgeschlossen zu haben meinte, nahm er den Fremden mit in seine Stube zurück, ließ ihn niedersetzen und goß ihm eine Tasse Warmbier ein. Dieser sah sich neugierig in der schönen Stube um, wo an den Wänden hohe Schränke voll blankem Zinns und Messinggerät standen, und indem er die gemalte Decke verwundert betrachtete, sagte er: »Der Tausend! eine so schöne Stube hab' ich mein Lebtag nicht gesehen, die habt ihr wohl von einem Breslauer Künstler malen lassen, Meister?«

»Nein, es gibt auch in Hirschberg geschickte Leute«, sagte dieser vornehm, »wer's nur bezahlen kann.« – Darauf empfahl sich der angebliche Schweidnitzer Bürger und sagte, er wolle am andern Tage kommen, und die Arbeit anfangen. Und richtig, am Morgen darauf, als der Meister aus dem Bette stieg, hörte er im Hofe schon Holz hauen, zog seinen Schafpelz an und dachte: »Muß doch einmal zum Rechten sehen.« Aber mit weit offenem Munde blieb er in der Hoftür stehen, denn der Fremde hatte sein linkes Bein aus der Hüfte herausgezogen und schlug damit auf das Holz, das es in tausend kleine Stücke zersprang.

Da wurde dem Meister unheimlich, und er rief dem Fremden zu, er möge doch aufhören und sich von dannen scheren; der aber tat, als höre er nicht, hieb immer unbarmherzig darauf los, und ehe eine Viertelstunde verging, war das ganze Holz in kleine Scheite gespalten. Alsdann steckte er das Bein wieder in die Hüfte, packte alles gehauene Holz in einer ungeheuren Hofe, ohne sich um das Wehgeschrei des Bäckers zu kümmern.

Da stand dieser nun als ein geschlagener Mann, sein ganzer Holzvorrat war nun verloren, denn er hatte ja dem Holzmacher freiwillig als Lohn versprochen, so viel dieser in einer Hocke forttragen könne. –

Das hatte nun seine Richtigkeit und konnte der Meister ihn deshalb nicht aufhalten lassen; was ihn aber noch mehr hinderte, dem Fremden nachzulaufen und sein Holz zurückzufordern, war die Überzeugung, daß kein anderer als Rübezahl ein solches Kunststückchen ausführen konnte und mit diesem mochte der Meister aus guten Gründen nicht anbinden. Da stand er denn und hatte das leere Nachsehen; es mochte ihm wohl einfallen, daß er nun einmal mit eigener Münze bezahlt worden sei.

Rübezahl aber lud seine Bürde vor dem Hause des armen Bauern ab, der gar nicht begreifen konnte, wer ihm so viele Fuhren Winterholz gebracht habe, ohne daß er das geringste davon gemerkt hatte. Er verbrauchte es aber dankbar und gab auch einigen armen Nachbarn davon. Von dieser Zeit an war der reiche Bäcker in der Stadt wie verwandelt, und wenn er auch noch manchmal seine alten Gewohnheiten zeigte, so durfte er nur an die Geschichte mit dem fremden Holzhauer denken, um wenigstens billig zu sein und den Arbeitern sein Wort zu halten.

Das Zauberbuch

Ein Mensch, welcher von der Begierde, reich, angesehen und gewaltig zu werden, sehr geplagt wurde, hatte keinen größeren Wunsch, als ein Zauberbüchlein zu bekommen, woraus er nach seinem Willen Regen und Sonnenschein machen, das Vieh behexen, sich unsichtbar machen und Goldschätze in der Erde finden könne. Da er aber ein solches Buch nirgends finden konnte, beschloß er endlich, den Rübezahl darum zu bitten; der, hoffte er, werde es ihm schon geben.

Er ging also fleißig in der Gegend umher, wo das Gebiet des Berggeistes lag, bis er nach langer Zeit einmal den Herrn des Gebirges fand. Der saß als ein eisgraues Männlein vor einer schauerlichen Höhle und gab ihm ein Büchlein, wie er es erbeten hatte.

Voller Freude eilte er heim damit, um es sogleich zu probieren; da er es aber aufschlug und lesen wollte, waren es lauter Baumblätter mit Linien und Fasern, aber mit keinen Buchstaben.

Wie Rübezahl einem Bauer hilft

Es war einmal unten am Gebirge ein Edelmann, der war ein wüster, hochmütiger Geselle, plagte und mißhandelte seine Bauern und meinte, dazu wären sie nun einmal auf der Welt. Dieser befahl eines Tages einem Bauern, daß er eine überaus große Eiche, die eben geschlagen worden war, aus dem Walde holen und im Schloßhofe abladen solle. Mit dem Edelmanne war nicht zu spaßen, das wußte der arme Schelm wohl, an welchen dieser Befehl erging, und darum zog er auch sogleich sein Rößlein aus dem Stalle, obschon er wußte, daß es ein Ding der Unmöglichkeit sei, die schwere Eiche allein von der Stelle zu bringen. Er gab sich auch alle Mühe, sie nur vom Platze zu bewegen, aber es war doch vergebliche Arbeit. Da seufzte und jammerte der arme Bauer, denn er wußte nun, daß ihm der Edelmann nur etwas habe am Zeuge flicken wollen, – wie das Sprichwort heißt, – und daß er jetzt seinen Zorn an ihm auslassen würde, weil er die aufgetragene Arbeit nicht verrichten konnte.

Wie er noch so voller Betrübnis dasteht, kommt ein Mann im Walde gegangen und fragt den Bauer, warum er denn so traurig sei. »Ach«, erwidert dieser, »ihr könnt mir ja auch nicht helfen;« endlich aber erzählt er doch dem Fremden die Geschichte.

»Ei, sei doch nur getrost, mein Bauer«, sagt dieser darauf; »gehe ruhig heim, ich will dir den Baum schon an Ort und Stelle schaffen.«

Der Fremde aber war Rübezahl, und ich glaube, es macht ihm keiner das Stückchen nach, welches er jetzt ins Werk setzte. Er nahm die Eiche mit ihren großen, weit ausgespreizten Ästen in eine Hand und trug sie wie einen Spazierstab bis in das Dorf. Dort legt er sie vor das Hoftor des Edelmannes, so daß niemand aus- und eingehen kann. Da befiehlt der Herr, die Eiche zu zersägen, aber sie ist wie von Eisen, und obgleich die Arbeiter alle Kraft daran wenden, bringen sie doch auch kein Spänchen davon ab.

Nun bleibt dem Edelmann freilich nichts weiter übrig, als ein neues Tor durch die Mauer zu brechen; da das aber viel Geld kostete, ließ er den Bauer kommen, der sollte es zur Strafe bezahlen. Als aber dieser die Geschichte erzählte, die ihm mit der Eiche begegnet war, merkte der gestrenge Herr gar wohl, daß Rübezahl hier die Hand im Spiele habe; vor dem hatte er so große Furcht, daß er den Bauer ruhig gehen ließ, und seit jener Zeit auch vorsichtiger und milder wurde. In so großen Respekt hatte sich der Berggeist schon in der ganzen Gegend zu setzen gewußt.

Der kleine Peter

Dem kleinen Peter war seine liebe Mutter gestorben und der Vater nahm eine Anverwandte ins Haus, damit sie den Knaben in Aufsicht nähme, da er den ganzen Tag im Walde Holz fälle. Die Muhme aber war mürrisch und boshaft und konnte den kleinen Peter schon darum nicht gut leiden, weil er immer lustig und guter Dinge war und so vergnügt spielte, als ob die ganze Welt ihm gehöre.

Sie schwärzte ihn daher auch bei dem Vater an, und wenn dieser am Abend von seinem sauren Tagewerk ermüdet heimkam, klagte sie ihm so viel von Peters Unfolgsamkeit vor, daß er ohne weiteres eine Haselgerte nahm und den armen, kleinen Schelm durchprügelte.

Widerspruch hätte den jähzornigen Mann auch nur noch heftiger gemacht, darum fand sich Peter geduldig in sein Schicksal und ward es zuletzt immer mehr gewöhnt, von der Muhme gescholten und von dem Vater jeden Abend ohne alle Ursache geschlagen zu werden. Da er nun im Hause keine Freude hatte, war er am liebsten draußen auf dem Felde, da sah er doch das boshafte Gesicht der Muhme nicht und es keifte niemand mit ihm.

Aber dieser Freiheit setzte endlich der Winter ein Ziel. Draußen auf den Feldern und den hohen Bergen lag der Schnee und Peter wäre in seinem dünnen Leinwandjäckchen bald erfroren. Es war also seine einzige Freude, hinaus vor die Hütte zu treten und den Sperlingen Brotkrümchen zu streuen, was er sich jedesmal an seinem Frühstück absparte. Wenn nun die Vögel so lustig zwitscherten und um ihn herumflogen, da klopfte ihm das Herz vor Lust, und oft gab er ihnen sein ganzes Stück Schwarzbrot, ohne daran zu denken, daß er dafür alsdann selbst hungern müsse.

Eines Tages erwartete die Muhme einen Gast und hatte einen Fisch gekauft. Peter kam zufällig an dem Faß vorbei, dahinein die Muhme ihn einstweilen ins Wasser gesetzt hatte, damit er nicht absterbe, ehe sie ihn schlachte. »Du armes Tierchen«, sagte der kleine Peter, »möchtest wohl auch lieber draußen im großen Teiche sein, als hier in der Hand voll Wasser; kannst dich ja gar nicht recht lustig bewegen; komm, ich will dir ein bischen mehr Freiheit geben.« Und er trug den zappelnden Fisch hinaus in den Bach, der hinter dem Hause vorbei floß. Als aber der Fisch lustig große Wellen mit dem Schwanze schlug und dann über die weißen Kiesel hinhuschte, da sprang Peter vor Freude auf einem Bein. Aber der hinkende Bote kam hinten nach. Die Muhme erriet ohne Mühe, daß Peter den Fisch fortgetragen hatte und legte es ihm als Bosheit aus; da gabs denn am Abende wieder etwas zu klagen, und der Vater schlug heut ganz unbarmherzig auf den unverbesserlichen Burschen los.

Peter aber dachte: ohne Schläge wächst kein Mann groß und schüttelte sich, als es vorüber war. Das ärgerte die Muhme am meisten, daß der Knabe nicht jammerte und klagte, und sie sann darauf, ihm allerlei Weh zu bereiten. Eines Tages schickte sie ihn hinaus aufs Feld und sprach: »Hüte dich, wieder heimzukommen, ehe du einen Scheffel voll Kornähren gelesen hast, wir haben kein Brot mehr im Hause.«

Das betrübte den kleinen Peter, aber nur um seines Vaters willen, der schon lange krank lag, nichts verdienen konnte und nun eben auch nicht die besten Tage hatte bei der keifenden Muhme. Er ging daher gegen seine Gewohnheit, ganz niedergeschlagen hinaus aufs Feld und suchte so emsig die Ähren zwischen den Stoppeln auf, daß ihm der Rücken weh tat. Aber es war schon Mittag, vorüber und er hatte kaum den Boden des Sackes gefüllt, den ihm die Muhme mitgegeben hatte; denn es wohnten nur arme Leute im Dorfe, die ihre Felder so rein als möglich abräumten und nur wenige Halme liegen ließen. Und dann, dachte Peter, müssen doch auch die kleinen Vögelchen etwas von dem Erntesegen haben, so daß er hin und wieder eine Ähre für sie liegen ließ.

Darüber ging die Sonne unter, und er hatte nicht die Hälfte seiner Aufgabe gelöst; die Tränen kamen ihm in die Augen, als er an seinen armen, kranken Vater dachte; aber plötzlich stand ein alter Jägersmann vor ihm und fragte, warum er weine.

Da erzählte der kleine Peter ganz treuherzig alles, was sein Herz bedrückte und vergaß auch nicht, der bösen Muhme zu gedenken.

»Möchtest du wohl, daß ihr dafür, daß sie dich so quält und immer für Strafe für dich sorgt, etwas recht Schlimmes geschehe?« fragte der fremde Mann.

»Etwas Schlimmes? O nein, aber ich wünschte, die Muhme müßte einmal einen ganzen Tag lachen und vor Lust herumspringen, damit sie doch wüßte, wie den fröhlichen Leuten zu Mute ist und nicht mehr so mürrisch und sauertöpfisch wäre.«

Der Jäger mußte selbst über den Einfall des Knaben lachen; dann pfiff er laut auf dem Finger und mit einem Male kam eine ganze Wolke von Vögeln geflogen, die senkte sich auf das Ährenfeld nieder, und sie lasen die Halme mit ihren Schnäbeln auf, trugen sie auf ein Häufchen zusammen und der Jäger deutete darauf hin, indem er sagte: »Da fülle den Sack damit an.« Peter tat es voller Staunen, und sieh da, er hatte vollauf und seine Aufgabe war gelöst. Der Jägersmann war nirgends mehr zu sehen und zu hören, aber die Vögel flogen neben dem kleinen Peter hin, bis zu seines Vaters Häuschen, und sangen so schön dabei, daß ihm das Herz vor Freude hüpfte.

Die Muhme aber machte ihm ein grimmiges Gesicht, denn sie hatte gedacht, Peter könne nicht so viel Ähren finden, als sie ihm geheißen hatte und werde aus Furcht vor Strafe nicht mehr wiederkommen, sondern in die weite Welt laufen.

Peter aber war froh, daß sein armer Vater nun Brot und Mehl zu einer Suppe hatte, was ihm die Müllersfrau für die gesammelten Körner gab, und er murrte gar nicht, daß er selbst nichts davon bekam, sondern nur ein paar kalte Erdäpfel.

Am andern Tage sagte die Muhme: »Geh' und fange ein Gericht Fische im Teiche, daß ich sie für den Vater kochen kann. Mit leeren Händen komme mir aber ja nicht zurück, sonst kann ich dem Kranken nichts zu essen geben, und er bekommt doch schon wieder einen tüchtigen Appetit.«

Da ging Peter traurig mit dem kleinen Hamen zum Teiche und dachte: »Ach, wenn der Vater nur erst wieder gesund würde, damit die Muhme ihm nur nicht immer jeden Bissen Brot vorwürfe. Ich wollte ja gern wieder jeden Abend meine Schläge leiden, wenn er nur erst wieder stark genug wäre, mich seine Arme fühlen zu lassen.« Unter diesen Gedanken senkte er den Hamen in das Wasser, aber es verging eine Stunde um die andere und er hatte noch immer nichts gefangen.

Da setzte er sich in das Schilf und weinte bitterlich. Und nicht lange darauf kam der alte Jäger wieder gegangen und fragte, warum er denn heute wieder weine.

Peter erzählte ihm, daß die Muhme den Vater quäle und hungern lasse und daß er nicht eher heimkommen dürfe, bis er ein Gericht Fische bringe. Da pfiff der Jäger wieder auf seinem Finger, aber ganz leise, und befahl dem Knaben dann, seinen Hamen noch einmal ins Wasser zu tauchen. Da kam ein großer Fisch und trieb eine Menge kleiner Hechte und Barben vor sich her, dem Hamen zu, so daß dieser bald ganz voll wurde und Peter ihn mehrmals ausleeren mußte. »Kennst du den Fisch nicht mehr?« sagte der Jägersmann, »es ist ja derselbe, den du aus dem Schaff genommen und in den Bach getragen hast.« – Darüber wunderte sich der kleine Peter noch viel mehr und guckte dem Fische so lange als möglich nach, der jetzt langsam im Teiche hin schwamm. Indessen war der rätselhafte Jägersmann wieder verschwunden und Peter lief voller Freude nach Hause; denn von seinem Fange konnte der Vater sich viele Tage satt essen.

Da die böse Muhme dem guten Burschen auf diese Weise nichts antun konnte, vermehrte sich ihr Haß und sie beschloß, ihn auf immer fortzuschaffen. Sie gab ihm daher am andern Morgen den Auftrag, er solle auf die Berge steigen und droben den Rübezahl rufen. Wenn dieser dann erscheine, solle er ihn um ein Wurzelmännchen bitten; wenn das der Vater hätte, würde er sogleich gesund werden. Auch dürfe er nicht eher wiederkommen und solle nur nicht aufhören, den Rübezahl zu bitten, dann werde er schon bekommen, was er wünsche. In ihrem bösen Herzen aber dachte sie, der Berggeist werde den kleinen Peter töten, wenn er ihn bei dem Spottnamen rufe und sie würde den verhaßten Knaben nicht mehr wiedersehen. Der Kranke werde ohnedies nicht mehr lange leben und dann gehöre ihr die Hütte und alles, was darin sei.

Nun hatte der Knabe zwar allerlei Schauergeschichten von dem Berggeiste gehört, aber er dachte: »Sie heißen mich ja alle im Dorfe den Bruder Lustig und von dem hat mir meine Mutter allerlei komische Märchen erzählt; da habe ich gesehen, daß selbst der böse Feind einem fröhlichen Herzen kein Leid antun kann; so schlimm ist aber der Rübezahl doch noch lange nicht.« Und er stand getrost auf, schnitt sich einen Stab und wanderte nach den Bergen hinauf.

»Ei, ei!« hörte, er auf einmal eine Stimme hinter sich, »willst du in die weite Welt gehen, kleiner Peter?« – Wie er sich umdrehte, war es der Jägersmann, der unter den Bäumen dahergeschlendert kam.

»Hör'«, sagte der lustige Kleine, »jetzt soll ich gar zum Rübezahl gehen und ein Wurzelmännchen holen, davon wird der Vater gesund werden, sagte die Muhme. Ob es nun wahr sein mag?«

»Nun wer weiß; aber fürchtest du dich nicht vor dem wilden Berggeiste?«

»I! er wird doch mit sich reden lassen, der alte, kuriose Herr; so schlimm, wie ihn die Leute machen, ist er gewiß nicht. Und was kann er mir groß anhaben. Ein wenig Püffe und ein bißchen Ohrenschütteln verschlägt nicht viel bei mir, da bin ich es noch besser gewohnt, vom Vater her, wie er noch gesund war.« –

»Ich denke, dir wird der Herr Johannes nichts anhaben, du närrischer Kauz«, sagte der fremde Jägersmann, »aber wer weiß, ob du ihn antriffst. Wir Jäger leben so lange Zeit im Walde, daß wir auch hinter allerlei Geheimnisse der Natur kommen und da kann ich dir selbst deinen Wunsch erfüllen. Hier hast du ein Wurzelmännchen; das soll der Vater an einer seidenen Schnur am Halse tragen und er wird gesund davon werden. Und nun geh' ruhig heim, du fröhliches Herz.« –

Der kleine Peter hatte keine Zeit, sich bei dem guten Alten zu bedanken, der mit großen Schritten über das Haidekraut, hinschritt und dabei sich immer höher und höher ausdehnte, bis sein Kopf eine Wolke erreichte, worin alsdann die ganze Gestalt verschwand. – Das kam unserem kleinen Freunde doch gar zu wunderlich vor und er lief, was er konnte, nach dem Dorfe zurück, sein Wurzelmännchen fest in der Hand, das er sich gar noch nicht einmal angesehen hatte.

Die Muhme kam ihm schon in der Tür mit einem grimmigen Gesicht entgegen. »Unkraut verdirbt nicht«, murmelte sie zwischen den Zähnen und bewillkommnete den kleinen Peter mit einem tüchtigen Puffe. Da öffnete er die Hand, um ihr das Wurzelmännchen zu zeigen, und kaum hatte sie einen Blick darauf geworfen, als sie in ein schallendes Gelächter ausbrach und wie von der Tarantel gestochen umherlief. Peter sah ganz erstaunt bald die Muhme, bald das Geschenk des alten Jägers an und wußte gar nicht, was jener in den Sinn komme. Die Wurzel sah zwar komisch genug aus, denn sie glich vollkommen einem kleinen mißgestalteten Männchen, mit langen Spinnenbeinen und ebensolchen Armen;

Kopf und Rumpf waren dagegen ganz unförmlich dick und das Gesicht war eine boshaft grinsende Karrikatur. Ein Zopf, der länger war, als das ganze kleine Wesen, vollendete die höchst wunderliche Gestalt des Wurzelmännchens, aber bei alledem begriff Peter nicht, warum die Base gar so unbändig lache. Er trat also ganz nahe zu ihr hin, um ihr den Gegenstand ihrer Lachlust besser zu zeigen, aber da ward sie völlig außer sich, die Tränen stürzten ihr aus den Augen und sie fiel ganz atemlos auf das Bett des Kranken, wobei sie fortfuhr, immer lauter und heftiger zu lachen.

Da fiel es dem kleinen Peter plötzlich ein, wie er ja einmal gegen den wunderbaren Jägersmann geäußert hatte, er wünsche, daß die Muhme einen ganzen Tag lachen und springen müsse, und nun konnte er nicht länger zweifeln, daß Rübezahl selbst ihm unter jener Gestalt erschienen sei und seinen Wunsch erfüllt habe. Sein nächster Gedanke war, daß nun auch gewiß sein Vater gesund werden würde, denn der Berggeist hielt immer sein Wort; und so band er denn geschwind das Wurzelmännchen dem Vater um. Dabei kam er der Muhme wieder nahe, die noch immer halbtot über den Füßen des Kranken lag; wie unsinnig sprang sie jetzt auf, rollte sich auf der Diele hin, und als sie an die offene Tür der Stube kam, sprang sie hinaus und ins Dorf hinunter. Noch aus der Ferne hörte man ihr schallendes Gelächter.

Von Stund an ward der Kranke gesund, und als Peter ihm nun erzählte, wie sich alles zugetragen hatte und auf welche Weise er mit Rübezahl zusammengekommen war, gingen dem Vater die Augen auf, wie unrecht die böse Muhme dem kleinen Peter getan hatte, und er beschloß, daß sie nie wieder ins Haus kommen solle. Die Muhme aber blieb von selbst weg, denn sie hatte den halben Tod von dem lustigen Tanze gehabt, den ihr Peter verschafft hatte und keine Macht der Welt brachte sie mehr in die Nähe des kleinen Burschen, von dem sie glaubte, er habe sie verzaubert. Sie zog ganz aus dem Dorfe, viele Meilen weit, und Peter hatte nur gute Tage, denn der Vater ward wieder gesund und stark, und da er einstmals unter einer Baumwurzel, die er ausrodete, einige alte Goldstücke fand, konnte er sich ein Stück Acker und eine Kuh kaufen. Ja, es war ein so sicherer Segen auf allem, was er tat, daß er bald der wohlhabendste Bauer im Gebirge wurde, und der kleine Peter konnte im Winter manches Körnlein Futter für die lieben Vöglein ausstreuen oder auch im harten Winter für die Rehe und Hirsche in den Wald tragen. Die Muhme starb vor Neid und Mißgunst, Peter aber lebte lange und glücklich und behielt seinen Frohsinn und Übermut bis an sein Lebensende, ja er schenkte sogar der alten Muhme, die ihm so viel Böses getan, ein freundliches Andenken, er war stets fröhlich und guter Dinge und erzählte immer mit besonderer Freude die Begebenheit mit dem wunderbaren Jägersmanne.

Die Reise nach Karlsbad

Eine reiche Gräfin, die gewöhnt war, den Sommer in irgend einem Badeorte, den Winter aber in Breslau zuzubringen, begab sich mit ihren beiden Töchtern nach Karlsbad, weil sie einer Badekur, die jungen Damen aber der Badegesellschaft bedürftig waren und deshalb so eilig reisten, daß sie Tag und Nacht nicht rasteten, um Bälle, Ständchen und Promenaden desto früher zu genießen. Beim Sonnenuntergang kamen sie ins Riesengebirge, und da es ein schöner, warmer Sommerabend war, an dem sich kein Lüftchen regte, beschlossen sie, die schöne, sternenhelle Mondnacht hindurch zu fahren. Der Wagen war außerdem so bequem eingerichtet und bewegte sich bergan so langsam vorwärts, daß Mutter und Töchter samt der Zofe recht behaglich schlummerten. Johann allein, der neben dem Postillon auf dem Kutschbocke saß, konnte wegen seiner freien und gefährlichen Stellung nicht schlafen und würde es auch schon aus Furcht nicht getan haben, denn ihm fielen alle die wunderbaren Geschichten von Rübezahl ein, die er gehört hatte, und er verwünschte im geheimen die abenteuerliche Idee seiner Gebieterin, das Reich des furchtbaren Berggeistes in der einsamen Nacht zu durchkreuzen. Wie viel lieber wäre er in Breslau daheim gewesen, wo er niemals etwas von so großen und mächtigen Geistern gehört hatte. Er sah ängstlich nach allen Himmelsgegenden aus, und wenn seinem Auge ein auffallender Gegenstand begegnete, zitterte er wie ein Blatt im Winde. Er fragte mehr als einmal den Schwager Postillon, ob es hierherum auch geheuer sei, aber doch konnte er sich bei der Zusicherung desselben, daß gar nichts zu befürchten wäre, nicht beruhigen.

Seine Befürchtungen wurden aber bald zur wirklichen Angst, als der Postillon plötzlich die Pferde anhielt und einen Fluch zwischen den Zähnen murmelte. In der Entfernung von kaum zehn Schritten stand mitten im Wege eine übernatürlich große Gestalt, mit schwarzem Mantel und mit einem weißen, weithin schimmernden Halskragen, aber – ohne Kopf! – Diese schreckliche Erscheinung stand augenblicklich still, wenn der Postillon die Pferde anhielt und lief rasch voraus, sobald dieser die Peitsche schwang, um weiterzufahren. »Schwager, was ist das?« schrie Johann in größter Angst. »Sei still«, sagte dieser kleinlaut, »damit wir den Spuk nicht irren?«

Aber der entsetzte Diener hielt es auf seinem freien Posten nicht länger ruhig aus, wo er sich der Gefahr zumeist ausgesetzt glaubte, und klopfte heftig an die Fenster des Wagens. Hat die Gräfin, dachte er, die tolle Idee gehabt, hier in der Nacht zu reisen, so kann sie nun auch Rat schaffen, wie wir aus der Gefahr kommen.

Unwillig fuhr die Gebieterin aus ihrem sanften Schlummer auf und fragte, was es gäbe? »Ei, Ihro Gnaden, da geht einer ohne Kopf«, stammelte der Bediente und seine Zähne schlugen zusammen.

»Und darum weckst du mich, Einfaltspinsel? Als ob man das nicht täglich in- und außerhalb Breslaus sehen könnte.« Sie belachte ihren eigenen Witz, aber die beiden Fräulein konnten nicht mit einstimmen, denn auch ihnen fielen zum größten Schreck alle Rübezahl-Märchen ein und sie riefen einstimmig: »Das ist der Berggeist, Mama, wir sind mitten auf dem Riesengebirge.«

Die Geister aber schienen bei der Gräfin in keiner besonderen Achtung zu stehen, denn sie lächelte über die Furcht der Töchter und verspottete die bekannten Spukgeschichten, die sie die Ausgeburten kranker Einbildung nannte, ward aber in ihrer Erklärung plötzlich unterbrochen, als der Schwarzmantel, der einen Augenblick im Gebüsch verschwunden war, wieder in das helle Mondlicht heraus, dicht an den Weg trat.

Ein Schrei des Entsetzens ward im Wagen gehört und die seidenen Vorhänge hastig vor die Fensterscheiben gezogen. Der schreckliche Unbekannte beunruhigte aber die Damen nicht weiter, sondern begnügte sich, den Bedienten samt dem Postillon vom Bocke herabzustürzen, wobei ihm die Furcht der beiden Männer sehr zu statten kam, und schrie dem betäubten Postillon unter einigen derben Faustschlägen ins

Ohr: »Nimm, das vom Rübezahl, weil du so dreist in mein Gehege fuhrst; dein Roß und Geschirr sind mir verfallen.« – Hierauf schwang sich das kopflose Ungetüm auf den Sattel, trieb die Pferde an und fuhr so rasch über Stock und Stein, daß man vor dem Rasseln der Räder das Angstgeschrei der Damen nicht hörte.

Da vermehrte sich plötzlich die nächtliche Reisegesellschaft noch um eine Person; es trabte nämlich ein Reiter neben dem Fuhrwerk hin, der es gar nicht zu bemerken schien, daß dem Fuhrmann der Kopf fehle, und ritt neben dem Wagen her, als gehöre er dazu. Dem Schwarzmantel schien dieser Gesellschafter eben nicht willkommen zu sein; er lenkte die Pferde nach einem andern Wege, bog bald links, bald rechte um, konnte aber den rätselhaften Begleiter nicht los werden Noch viel ängstlicher ward dem Fuhrmanne aber zu Mute, als er bemerkte, daß dem Schimmel ein Fuß fehle und dieser doch so lustig neben ihm her trabte.

»O weh, das ist der *rechte* Rübezahl«, seufzte er ängstlich, »und meine Rolle als Rübezahl wird nun bald aus sein, nun der sich in daß Spiel mischt!«

Jetzt lenkte der Reiter sein dreibeiniges Roß ganz nahe an den Fuhrmann und fragte ihn ganz zutraulich: »Landsmann ohne Kopf, wohin des Weges?«

»Immer der Nase nach«, antwortete dieser mit furchtsamem Trotz. Da fiel der Reiter den Rossen in die Zügel und rief: »Halt, Gesell!« packte ihn am Genick und warf ihn so kräftig zur Erde, das ihm alle Glieder knackten. Der kopflose Fuhrmann hatte, wie es sich nun ergab, Fleisch und Bein, wie jeder andere Mensch und wimmerte ganz kläglich, als ihm der Reiter die Maske abriß. Da er nun sah, daß er in die Hände des mächtigen Berggeistes geraten war, dessen Person er eben dargestellt hatte, ergab er sich auf Gnade und Ungnade.

Diese Demut war sein Glück; denn der Gnom war so ergrimmt, daß er ihn ohne Zweifel zermalmt haben würde, wenn er noch ein Wort zu reden gewagt hätte. »Sitz auf«, herrschte er ihm jetzt zu, »und tue, was ich dir befehlen werde.« Nun zog er geschwind den vierten fehlenden Fuß seines Schimmels aus den Rippen desselben und trat an den Wagenschlag, um sich den Damen ganz höflich vorzustellen.

Aber diese lagen sämtlich ganz betäubt und besinnungslos in den Polstern und gaben kein Zeichen des Lebens. Der Reiter schöpfte aus einer vorüberrieselnden Bergquelle frisches Wasser und sprengte dies den Damen ins Gesicht, wodurch sie auch sämtlich wieder zum Leben gebracht wurden. Es beruhigte sie sehr, einen so feinen, wohlgestalteten Mann in ihrer Nähe zu haben, von dem sie auch ritterlichen Schutz erwarten durften und sie wurden ganz frei von Besorgnis, als er sagte: »Ich bedaure die Damen sehr, die von einem entlarvten Bösewicht erschreckt worden sind, der ohne Zweifel die Absicht hatte, sie zu bestehlen. Jetzt sind Sie in Sicherheit; ich bin der Oberst von Riesental und erlaube mir, Sie in meine Wohnung zu geleiten, die ganz in der Nähe ist.«

Mit Freuden ward dies freundliche Anerbieten von den Damen angenommen. Der Oberst ritt indes wieder neben dem eingeschüchterten Fuhrmann her, hieß ihn bald links, bald rechts einen Weg einbiegen und fing zwischendurch einige Fledermäuse mit der Hand auf, denen er einen geheimen Auftrag zu geben schien, und die er dann wieder freiließ.

So mochte die Fahrt wohl über eine Stunde gedauert haben, als sich in einiger Ferne Lichtschimmer zeigte und vier Jäger mit brennenden Windlichtern herangesprengt kamen, um ihren Herrn zu suchen. Die Gräfin ward dadurch vollständig beruhigt und bat Herrn von Riesental, einige seiner Leute nach ihrem armen Johann auszuschicken, was auch sogleich geschah. Bald darauf rollte der Reisewagen über eine Zugbrücke durch ein altertümliches Burgtor und hielt vor einem hell erleuchteten Palaste. Der Reiter sprang ab und bot der Gräfin den Arm, worauf er sie in ein Prunkgemach führte, in dem schon eine große Gesellschaft versammelt war. Die jungen Damen waren trostlos darüber, in ihren sehr zerdrückten Reisekleidern in einen so glänzenden Zirkel treten zu sollen und der Hausherr bemerkte ihre Verlegenheit kaum, als er sie in ein Kabinett treten ließ, darin alles Nötige zur Herstellung ihrer Toilette vorbereitet war. Sechs Kerzen brannten vor dem großen Ankleidespiegel, feine Seifen, Riechwasser, Haaröl und dergleichen lagen auf dem kostbaren Waschtisch und die feinsten Schuhe und Handschuhe fehlten ebensowenig.

Den jungen Damen hätte nicht leicht ein angenehmeres Abenteuer begegnen können, und sie traten daher ganz frisch und fröhlich in die Gesellschaft, wo sie sich auch bald recht wohl gefielen. Es ward viel über die Gefahr gesprochen, in welcher sich die Reisenden befunden hatten und der aufmerksame Wirt stellte den Damen sogleich einen Arzt vor, der nach ihrem Gesundheitszustande nach einem so großen Schreck fragte und mit bedeutender Miene den Puls der Gräfin prüfte.

Endlich sagte er mit ziemlich bedenklichem Kopfschütteln, daß er die schlimmsten Folgen von der ungewöhnlichen Aufregung befürchten müsse, wenn die Damen sich nicht entschließen würden, sogleich einen Aderlaß zu erlauben. Die Gräfin zitterte für ihr Leben und willigte sogleich ein; bei den jungen Damen hielt es aber weit schwerer und es bedurfte des mütterlichen Befehls, um sie dazu geneigter zu machen.

Der Arzt kehrte sich nicht an den sichtlichen Widerwillen der Damen und machte sie für die ersten acht Tage unfähig einem Balle beizuwohnen.

Nachdem diese energische Kur vorüber war, ging die Gesellschaft zur Tafel und ein fürstliches Mahl war für sie aufgetischt. Auch schienen die Tische unter der Last des Silbergerätes brechen zu wollen und die köstlichsten Speisen, die ausgesuchtesten Weine und der Jahreszeit nach ganz ungewöhnliche Früchte wurden verschwenderisch aufgetragen. Als das bunte Dessert gebracht wurde, erstaunten die Gräfin und ihre Töchter nicht wenig, ihr ganzes Abenteuer in Zucker und Tragant dargestellt zu sehen. Voller Bewunderung der Schnelligkeit, womit dieses kleine Kunstwerk entstanden und der Zierlichkeit, mit der es ausgeführt war, fragte die Gräfin ihren Tischnachbar, einen böhmischen Grafen, was für ein Galatag hier gefeiert werde und erhielt zur Antwort, die Gäste hätten sich nur zufällig getroffen und es sei nur ein kleines, freundschaftliches Mahl, wie es der Hausherr täglich gewohnt sei.

Diese Nachricht vermehrte die Freude der Damen, sich in so guter Gesellschaft zu befinden und die Gräfin war nur erstaunt, daß sie nie zuvor von einem so reichen und gastfreien Manne gehört oder ihn in Breslau gesehen habe. So bewandert sie auch in der Familiengeschichte des ganzen deutschen Adels war, konnte sie doch in ihrem Gedächtnis keine Familie von Riesental auffinden. Dieser Ideengang ward unterbrochen, als man allerhand Märchen von Rübezahl zu erzählen anfing, und die Gräfin nahm sogleich Gelegenheit, ihren Zweifel an dem wirklichen Vorhandensein des Berggeistes unter allerlei witzigen Bemerkungen auszusprechen.

»Mein soeben erlebtes Abenteuer ist der beste Beweis, woher alle diese Geschichten entstehen«, sagte sie, »und daß der Berggeist nur in den Köpfen der Furchtsamen spukt. Wenn er hier im Gebirge wirklich herrschte und hauste, würde er alsdann so ungestraft geduldet haben, daß ein Schurke unter seinem Namen solchen Unfug treiben durfte? Der arme Geist konnte seine eigene Ehre nicht retten und ohne den ritterlichen Beistand des Herrn von Riesental hätte ein frecher Bube uns beraubt und vielleicht ermordet.«

Der Hauswirt widersprach eben in einem Scherz und höflicher Weise, indem er noch anriet, den Herrn vom Berge nicht so ganz für ein Unding zu halten, als er durch das Eintreten Johanns unterbrochen wurde, der wieder ganz mutig aussah, nun er sich in so sicherer Umgebung erblickte und triumphierend das Haupt des Schwarzmantels mitbrachte, welches dieser während der Mummerei unter dem Arme getragen und später verloren hatte. Zur großen Belustigung der Gäste ergab es sich, daß es nur ein ausgehöhlter Kürbis war, der mit Sand und Steinen angefüllt, mit einer hölzernen Nase und einem langen Flachsbarte ausgeschmückt war und so einem recht fürchterlichen Menschenantlitze glich.

Nach einer in den weichsten Daunen zugebrachten Nacht verließen die Damen am andern Morgen das gastliche Schloß, ganz entzückt von der Aufnahme, die sie daselbst gefunden hatten. Herr von Riesental, nachdem er vergeblich versucht hatte, seine Gäste noch einen Tag bei sich zu behalten, geleitete sie höflich bis an die Grenze seines Gebietes, doch mußten ihm die Damen versprechen, auf der Rückreise wieder einen Besuch bei ihm abzustatten.

Als nun der Gnom wieder in seiner Burg anlangte, wurde der arme Schelm herbeigeführt, der seine Rolle auf so unglückliche Weise gespielt hatte. »Elender!« donnerte ihn der Geist an, »wie wagtest du es, in meinem Bereiche eine so sträfliche Gaukelei zu verüben? Dafür sollst du mir lebenslang büßen. Wer bist du, und was trieb dich ins Gebirge, um als Geist darin zu spuken?«

»Großer Geist des Riesengebirges, vergib« sagte der Schlaukopf mit großer Unterwürfigkeit, »ich habe das Gesetz nicht gekannt, was mir verbietet, deine Person vorzustellen. Ich kann dir sagen, daß dies an den meisten Orten geschieht; bald wandelst du mit einer großen Rübe auf den Maskenbällen umher, bald trägt man dich aus Kokosnuß geschnitzt oder aus Gips geformt zum Verkaufe umher. Aber nun ich weiß, daß du es ungern siehst, soll es gewiß niemals wieder geschehen, vergib mir nur diesmal, mächtiger Geist! – Ich bin von Profession ein Beutler, aber es ging mir zu trübselig bei diesem Gewerbe. Wie viele Beutel ich auch nähte, der meine blieb immer leer, obgleich die Leute sagten, ich hätte eine glückliche Hand, denn in den von mir gearbeiteten Beuteln halte sich das Geld länger, als in anderen. Der Pfiff lag aber darin: ein lederner Geldbeutel ist immer besser, als ein von Seide gestricktes Netz. Warum? Nun seht, die ledernen Beutel werden meist von den Ackerwirten und armen Handwerkern gekauft, die sind denn von Haus aus keine Verschwender; aber die feinen, durchsichtigen Börsen befinden sich nur in vornehmen Händen und da ist es kein Wunder, wenn sich das Geld nicht gut darin hält; die Gelegenheit ist immer bei der Hand, daß es herausrinnt so viel auch hineingeschüttet werde.« –

»Nun, und weiter«, sagte Rübezahl, der es nicht ganz verbergen konnte, daß ihn die Erzählung des Burschen belustigte.

»Nun, es gab Teuerung im Lande und da ich gute Ware für schlechtes Geld geben mußte, arbeitete ich mich an den Bettelstab und ward endlich in den Schuldturm geworfen. Als ich wieder frei ward, gab mir niemand Arbeit und ich mußte in die weite Welt wandern. Da begegnete mir einer meiner alten Kunden, der ganz stattlich aussah und auf einem schönen, Pferde ritt. »Ei, ei, Franz!« lachte er, »hast du es noch immer nicht weiter gebracht; willst du mit mir gehen, so will ich dich lehren, den Beutel immer voll Geld zu haben.« – Das war mir eben recht und ich kümmerte mich nicht sonderlich darum, ob sein Gewerbe ehrlich war. Der Gesell aber machte falsches Geld und ich ward bald so geschickt in dieser freien Kunst, als er selbst; alles war im besten Gange, da wurden wir eingefangen und auf Lebenszeit zur Festung verurteilt.«

»Da lebte ich eine lange, aber keine gute Zeit, bis endlich ein Werbeoffizier kam und die Gefangenen zu Soldaten machte, denn es war Krieg im Lande. Ich war den Tausch auch wohl zufrieden, aber ich hatte wieder Unglück; als ich einmal auf Fouragierung ausgeschickt wurde, griff ich zu weit in meinem Auftrage und fegte nicht nur Speicher und Scheuern, sondern auch Kisten und Kasten in den Häusern aus. Es, war ein schlimmer Zufall, daß es gerade in Freundes Land war und nun gab es ein weitläufiges Gerede, ich mußte Spießruten laufen und ward aus dem Soldatenstande fortgejagt, in dem ich doch so leicht mein Glück hätte machen können.«

»Jetzt hatte ich wieder keine Aussicht, als zu meiner Profession zurückzukehren; da ich mir aber kein Lager einkaufen konnte, fiel ich auf den Gedanken, einmal meine früheren Arbeiten nachzusehen, ob sie sich auch gut gehalten hätten. Ich sann nun immer darauf, einen Beutel zu erwischen, wobei es sich freilich traf, daß manchmal noch Geld darin war, aber das war ja nicht meine Schuld; und oft war der Beutel auch nicht von meiner Arbeit, aber ich konnte ihn doch nicht mehr ohne Gefahr an den alten Ort zurückbringen und war also gezwungen, ihn zu behalten. Alte Bekannte fand ich auch manchmal unter dem fremden Gelde, nämlich von unserer falschen Münze, mit der die Leute einander immer noch anführten, indes wir schon unsere Strafe dafür weg hatten. Ich besuchte nun die Messen und Märkte und machte zuweilen recht gute Geschäfte, aber wer einmal Unglück haben soll! Es war recht, als sollte es nicht sein, daß ich länger so fort lebte. – In Liegnitz fiel mir der Beutel eines reichen Krämers auf, der sehr reichlich gespickt war; aber das war eben das Unglück, denn er war zu schwer und fiel mir bei dem angewandten Kunstgriff aus der Hand. Da ward ich ergriffen und als Beutelschneider vor Gericht geführt; ich sagte, das sei ja mein gelerntes Handwerk und wies mich durch Kundschaft und Lehrbrief darüber aus; aber den Herren vom Gericht war nicht gut zuzureden, ich wurde eingesperrt, ersah mir aber glücklich die Gelegenheit und entwischte wieder.«

»Anfänglich hungerte ich, das gefiel mir aber auf die Länge nicht, dann machte ich einen Versuch mit betteln, es geriet aber auch nicht. Die Polizei in Groß-Glogau hinderte mich auch daran, und ich mußte wieder ein paar Tage brummen. Von nun an vermied ich die Städte und genoß die Landluft, die mir besser bekam; da kam mir die Gräfin in den Weg, an deren Wagen etwas zerbrochen war. Der Bediente schimpfte gewaltig, daß man nun gerade in der Nacht aufs Riesengebirge kommen würde, wo doch der gewaltige Herr Rübezahl hause. Das brachte mich auf den Einfall, seine Zaghaftigkeit zu benutzen und eine Geisterrolle zu spielen. Beim Küster verschaffte ich mir den schwarzen Mantel, und ein Kürbis, der auf dem Kleiderschranke stand, diente mir als Kopf, den ich nach Willkür aufsetzen und abnehmen konnte, um die Reisenden noch mehr zu erschrecken. Wenn mir die Sache geglückt wäre, hätte ich die Damen in den tiefen Wald gefahren und mir ihr Geld und sonstige Kostbarkeiten ausgebeutet. Ein größeres Leid hätte ich ihnen nicht angetan. Vor euch, Herr, habe ich mich, aufrichtig gesprochen, am wenigsten gefürchtet. Die Kinder glauben ja kaum mehr an euch, so aufgeklärt ist jetzt die Welt, und ihr werdet bald ganz vergessen sein. Ich dachte es müsse euch lieb sein, daß ich euch wieder in Erinnerung gebracht habe und darum seid nicht ungnädig gegen mich. Es wäre euch gerade etwas leichtes, einen ehrlichen Kerl aus mir zu machen. Lasset mich einen Griff in eure Braupfanne tun, oder schenkt mir, wie jenem hungrigen Handwerksburschen, eine Hand voll Schlehen aus eurem Garten. Der arme Schelm hat sich zwar zwei Vorderzähne an eurem Obst abgebissen, aber dafür haben sich auch die Schlehen in eitel Gold verwandelt. Vielleicht ist es euch auch genehm, eine Partie Kegel mit mir zu schieben, wie mit jenem Prager Studenten, dem ihr alsdann einen Kegel schenktet, der auch von Gold war; oder wenn ihr mir durchaus eine Strafe für mein Unrecht zudenkt, so machst es doch mit mir, wie mit jenem Schuster, den ihr mit einer goldenen Rute tüchtig durchgehauen, ihm aber auch nachher das Strafinstrument zum Andenken geschenkt habt, wie die Handwerker noch auf ihren Gelagen zu erzählen wissen.« –

»Schurke!« sagte Rübezahl, »ich habe dich geduldig ausreden lassen, aber nun lauf', so weit deine Füße dich tragen. Du wirst auch ohne mich deiner Strafe nicht entgehen.«

Mit Freuden erfüllte der Beutelschneider den zornigen Befehl des Herrn vom Berge und pries seine Beredsamkeit, die ihn diesmal ganz allein aus seiner mißlichen Lage gezogen hatte. Er lief so schnell, um aus der Gerichtsbarkeit Rübezahls zu kommen, daß er in der Eile den schwarzen Mantel vergaß; so rasch er aber auch sich fortbewegte, schien es doch nicht, als ob er von der Stelle käme, denn immer umgaben ihn dieselben Bäume und Felsen, nur die Burg des Herrn von Riesental war verschwunden. Ganz abgemattet von der fruchtlosen Bestrebung, diesen Platz zu verlassen, sank er endlich unter einen Baum und fiel in einen festen Schlaf! Als er nach mehreren Stunden wieder erwachte, wunderte er sich, daß ihn noch immer eine undurchdringliche Finsternis umgab und er weder das Säuseln der Luft vernahm, noch ein Sternlein am Himmel blinken sah. Darüber sprang er auf und erschrak nicht wenig, als er das Geklirr von Ketten hörte, mit denen er selbst belastet war. In qualvoller Erwartung brachte er mehrere Stunden zu, bis endlich ein wenig Licht durch das eiserne Gitter eines kleinen Fensters fiel und er allmählich denselben Kerker wiedererkannte, aus welchem er zuletzt entflohen war. Da aber niemand kam, um nach dem Gefangenen zu sehen oder ihm Speise zu bringen, fing noch obendrein der Hunger ihn zu martern an und er schlug verzweiflungsvoll mit seinen Ketten gegen die wohlverwahrte Tür. Es währte lange, ehe sich der Gefängniswärter entschließen konnte, in die Zelle zu gehen, die doch schon wochenlang leer war; er glaubte, es gehe ein toller Spuk darin um und mit der größten Angst öffnete er endlich die Tür, um die Ursache dieses ungewöhnlichen Lärmens zu erforschen. Erst erschrak er sehr vor der Gestalt, die sich in dem dunklen Gemache bewegte, als er aber seinen entwichenen Gefangenen erkannte, verwunderte er sich noch weit mehr, denn er konnte nicht begreifen, wie dieser durch die verschlossene Tür und das vergitterte Fenster wieder an seinen alten Platz gekommen sei. Jener aber behauptete, er habe sich freiwillig wieder eingefunden; da er die geheime Gabe besitze, durch verschlossene Türen ein- und auszugehen und seine Fesseln anwie abzulegen, so befinde er sich nach seinem eigenen Willen hier.

Da es unbegreiflich blieb, wie der schlaue Dieb die Sache ins Werk gesetzt hatte, mußte man endlich an seine wunderbare Kraft glauben; die Herren in Liegnitz schickten ihn nun auf die Festung, wo er den Karren schieben mußte und überließen es ihm, sich, wenn er wolle und könne, auch von dieser Kette zu befreien; man hat aber mit Verwunderung bemerkt, daß er von seiner geheimnisvollen Kraft bis zum Ende seines Lebens keinen weiteren Gebrauch gemacht hat.

Die Gräfin war indes mit ihrer Begleitung wohlbehalten in Karlsbad angelangt und ließ sogleich den Badearzt rufen, um ihn über ihren Gesundheitszustand zu befragen. Da trat derselbe Arzt herein, den sie schon auf dem Schlosse des Herrn von Riesental kennen gelernt, und der ihr den Aderlaß verordnet hatte. »Ei, seien Sie uns willkommen!« riefen ihm Mutter und Töchter freundlich entgegen; »wir vermuteten Sie noch bei dem Herrn von Riesental und nun sind Sie uns doch zuvorgekommen; warum haben Sie uns denn dort verschwiegen, daß Sie der hiesige Badearzt sind?« – »Ach, Herr Doktor!« seufzten die beiden Fräulein dazwischen, »Sie haben uns wohl die Adern am Fuße durchgeschlagen; wir müssen jämmerlich hinken und werden nun keinen Schritt tanzen können.«

Der Arzt stutzte. »Ihro Gnaden«, sagte er, »sind im Irrtum; ich hatte nie zuvor die Ehre, Sie zu sehen, auch entferne ich mich während der Kurzeit niemals von hier und kenne unter allen meinen Bekannten keinen Herrn von Riesental.« –

Die Gräfin lachte über diese Verstellung, wie sie es nannte, und da sie den Grund davon in dem Zartgefühl des Arztes zu finden meinte, der nur für seine ihr schon geleisteten Dienste nicht bezahlt sein wollte, sagte sie: »Ich verstehe Sie, lieber Herr Doktor, Ihr Zartgefühl geht aber zu weit, es soll mich nicht abhalten mich für Ihre Schuldnerin zu bekennen und für Ihren guten Beistand dankbar zu sein.« Dabei nahm sie eine schöne goldene Dose aus ihrem Koffer und schenkte sie dem Doktor. Dieser nahm sie als eine Vorausbezahlung der Dienste, welche er etwa der Gräfin noch würde leisten können und widersprach ihr daher nicht mehr, weil er glaubte, die Kranke leide an solchen Einbildungen und ihre Töchter stimmten nur aus Rücksicht auf den Zustand der Mutter dem bei.

Bald war es in dem Badeorte bekannt, daß die Gräfin entweder schwachsinnig oder eine Hellseherin sei, denn der Arzt, der sich immer bemühte, sich bei seinen Patienten lieb und angenehm zu machen, hatte das kleine Abenteuer während der Runde, die er am Morgen bei seinen Badegästen machte, vielfach erzählt und alle waren neugierig, die fremden Damen kennen zu lernen.

Als die Gräfin mit ihren Töchtern das erste Mal in den Kursaal trat, war es ihr ein höchst überraschender Anblick, die ganze Gesellschaft dort wiederzufinden, in welche sie einige Tage zuvor vom Herrn von Riesental eingeführt worden war; dadurch hatte sie gleich angenehme Bekannte und schloß sich ohne weitere Zeremonie ihnen an. Aber sie fühlte sich verletzt durch das fremde und kalte Benehmen der Damen und Herren, die vor kurzem ihr so viel Vertrauen und Aufmerksamkeit bewiesen hatten; endlich fiel ihr ein, das ganze sei ein verabredeter Scherz, bei dem Herr von Riesental die Hand im Spiele habe und er würde durch sein plötzliches Erscheinen der Neckerei ein Ende machen. Sie fragte daher täglich nach ihm und erzählte mehreren neu angekommenen Gästen ihr Abenteuer auf dem Riesengebirge, durch welches sie so viel angenehme Bekanntschaften gemacht habe, doch merkwürdigerweise wollten die Herrschaften sie hier gar nicht wiedererkennen, auch gar nichts von der Existenz eines Herrn von Riesental etwas wissen.

Es war bald nur eine Stimme darüber, daß die Gräfin eine feine und liebenswürdige Dame sei, daß sich ihre Gedanken aber alsdann verwirrten, wenn sie an ihr vermeintliches Abenteuer erinnert würde. Man vermied daher, sie auf diesen Gegenstand zu bringen, und die Gräfin, welcher der Scherz doch auch zu weit ausgedehnt schien, sprach nun auch nicht weiter davon, was der Arzt überall als eine Wirkung des Bades pries, das die Krankheit der Gräfin mit so vielem Erfolge heile.

Als die Kur beendet war und sich die jungen Damen genug hatten bewundern lassen, kehrten sie ganz zufrieden nach Breslau zurück. Absichtlich nahmen sie wieder den Weg über das Riesengebirge, um dem gastfreien Obersten ihr Wort zu halten und zugleich die Lösung des Rätsels von ihm zu empfangen, weshalb die Gäste in Karlsbad ihr früheres Zusammentreffen mit der Gräfin nicht hätten eingestehen wollen. Aber es wußte niemand den Weg nach dem Schlosse des Herrn von Riesental nachzuweisen und sein Name war weder diesseits noch jenseits des Gebirges bekannt.

Dadurch war die Gräfin doch endlich überzeugt, daß der Unbekannte, der sie beschützt und so gastlich aufgenommen hatte, Rübezahl, der Berggeist, gewesen sei. Sie hatte alle Ursache, mit der feinen Rache zufrieden zu sein, die der Gnom ihrem Unglauben an seine Existenz erwiesen hatte und verzieh ihm gern die Neckerei mit der Badegesellschaft, die ihr nun erst erklärlich wurde. Wieder aber war es dem Berggeiste gelungen, die Menschen an ihren empfindlichsten Stellen zu packen, und die Mutter mit ihrer Spottlust, die Töchter mit ihrer Eitelkeit zu necken.

Wie Rübezahl die Übertretung seiner Gesetze bestraft

Der Berggeist duldet es nicht, daß Hunde in sein Gebirge kommen, wie er sich denn überhaupt im höchsten Gebirge die Jagd selbst vorbehalten hat.

Dies Verbot war allgemein bekannt, ohne daß man wußte, wer es zuerst erfahren habe, und niemand wagte das Gebirge zu überschreiten, wenn er einen Hund bei sich hatte. Einst aber zwang ein früherer Besitzer Warmbrunns, ein Vorfahr des Grafen Schafgorsch, seinen Jäger, dem er in dem wildesten Teil des Gebirges ein Haus hatte bauen lassen, auch einen Jagdhund zu halten. Da ward es gleich in der ersten Nacht sehr unruhig um die einsame Wohnung, die Türen klapperten und die Fenster klirrten, als rüttle ein wütender Sturm daran, und doch bewegte sich draußen kein Lüftchen. Der Jäger dachte, es sei wohl gar ein Erdbeben, das, wenn auch selten, doch öfters in dieser Gegend vorkommt. Er stand auf und ging in die finstere Nacht hinaus; dort war alles totenstill, nur die Sterne schimmerten in prächtigem Glanz, in ihrer ewigen Majestät am dunklen Himmel. Da aber, als er näher zusah, war es ihm, als ob derselbe sich öffne und eine mächtige große Gestalt ihm mit einem Stocke drohe und als ob jeder Stern den Kopf eines Hundes habe und ihn zornig ansähe. Geblendet kehrte er ins Haus zurück und versuchte alles für Einbildung und Aufregung zu halten; er zog die Decke weit über den Kopf und hörte nur noch wie der Hund erst laut bellte, dann aber jämmerlich zu winseln anfing, bis auch dies immer schwächer und ferner wurde. Als der Jäger am andern Morgen nach dem Hunde sah, war dieser verschwunden. Tagelang suchte er vergeblich nach dem treuen Tiere, bis er endlich nach einiger Zeit die zerstreuten Glieder desselben in weiter Entfernung von dem Hause fand. – Niemand wagt seitdem wieder, in Rübezahls Gebiet Jagdhunde mitzubringen.

Das Rad

Ein Kutscher rollte einmal ein Rad mit vieler Mühe durch das Gebirge. Er hatte es eben eine steile Ebene hinaufgeschleppt und lehnte es an einen Baum, in dessen Schatten er sich ganz ermüdet niederlegte und bald darauf einschlief. Als er erwachte, hatte Rübezahl die Gestalt des Rades angenommen, und als der Kutscher es weiterrollen wollte, konnte er es trotz aller Anstrengung nicht von der Stelle bringen. Endlich konnte er es wenigstens von dem Baume losmachen, an dem es wie festgenagelt gelegen hatte, aber es fiel auch sogleich wieder zentnerschwer an die Erde. Als der Kutscher erschöpft und fluchend vor Zorn alle Hoffnung aufgab, das Rad von der Stelle zu bringen, stellte es sich mit einem Male wie von selbst aufrecht, und als es der Kutscher berührte, rollte es mit größter Schnelligkeit über Steingeklüfte und Baumwurzeln hin, den Berg hinab. Keuchend mußte der Kutscher nachlaufen und sah mit Verwunderung, wie das Rad mit gleicher Schnelligkeit bergauf und bergab rollte. Wenn er weit zurück war, schien es sich langsamer zu bewegen, so daß er glaubte, es bald erreichen zu können, wenn er aber nahe genug war, um es erreichen zu können, rollte es mit unaufhaltsamer Eile weiter.

So lief das Rad, und der Kutscher dahinter her, über Berg und Tal, bis es ihm endlich gelang, es zu ergreifen. Nun hielt er es mit aller Kraft fest; aber das Rad fiel an die Erde und zog den Kutscher mit darnieder. Plötzlich erhob es sich wieder und flog nun geschwind wie ein Pfeil durch die Luft, bis es mit dem ganz erschöpften Kutscher vor dem Hause seines Herrn niederfiel.

Wie Rübezahl sich eines armen Studenten annimmt

In der Zeit, wo Rübezahl noch sein Wesen auf den Bergen trieb, da war's freilich anders, als jetzt, da half's einem ungelehrten Burschen nicht zu einem guten Amte, wenn einer seiner Vettern auch ein vornehmer Rat beim Konsistorium oder im Reichstag war, da gab's auch noch nicht so viele Hofräte wie jetzt, und doch war der gute Rat nicht so teuer. Es mußte jeder etwas tüchtiges lernen, wenn er in der Welt fortkommen wollte und auch damit hatte es noch Not genug.

Da gab es denn eine Menge arme Studenten, die fleißig hinter den Büchern sitzen mußten, um endlich ein mageres Ämtchen zu bekommen und solchen half der Rübezahl gern, wenn sie nicht etwa Raufbolde waren, die mit Sporen und Peitsche Straß' auf Straß' ab lärmten, sondern still daheim saßen und arbeiteten.

Ein solcher Student reiste einmal in den Sommerferien über das Gebirge und ist in tiefen Gedanken. Ein Mann, der wie ein reisender Handelsherr aussieht, gesellt sich dort zu ihm und fängt ein Gespräch mit ihm an. Da zeigt sich denn der Student als wohl unterrichtet, und wie ihn der Fremde teilnehmend über sein Schicksal befragt, setzt er sich nicht aufs hohe Pferd, sondern erzählt treuherzig und unbefangen, daß er arm sei und nur durch Unterricht und Abschreiben sich forthelfe, daß er noch eine arme Mutter habe, die für andere Studenten wasche und koche, und wie er eben jetzt recht sehr bekümmert sei, daß er sich ein gewisses Buch nicht anschaffen könne, dessen er eben zu seinen Studien bedürfe.

Der Handelsmann hört ihm mit Teilnahme zu, sucht ihm Mut zuzusprechen und freut sich, daß er gerade das nötige Buch besitze und mit sich führe. Dabei ruft er seinen Diener, der ein großes Felleisen trägt, zieht das Buch heraus und schenkt es dem Studenten. Wer ist nun glücklicher als dieser; er hätte am liebsten gleich angefangen zu lesen, wenn er die Gesellschaft des Reisenden nicht so lange als möglich hätte genießen wollen.

Als dieser sich aber endlich von ihm trennt, setzt sich der erfreute Student unter einen überhangenden Stein und studiert fleißig in dem Buche. Und so jeden folgenden Tag; es gab keinen emsigeren Arbeiter auf der ganzen Hochschule.

Eines Tages kam einer seiner Bekannten und bot dem Studenten zehn Taler für das Buch, damit könne er ja eine lange Zeit ohne Sorgen leben; aber dieser behielt sein Buch und sagte, er wolle lieber ferner sich dürftig behelfen, wenn er nur recht viel lernen könne und dazu sei ihm das Buch am meisten behilflich. – Ehe ein Monat verstrich, hatte der Student das Buch ganz inne. Als er aber zu den letzten Seiten desselben kam, da lag ein Schein, ein großer Geldschein zwischen den Blättern in ein sauberes Papier eingeschlagen und darauf standen die Worte:

»Ein kleines Andenken an den Herrn vom Berge!« – Nun konnte er ohne Not seine Studien vollenden und ward ein sehr gelehrter Mann.

Wie Fischbach durch Rübezahls Hilfe erbaut worden

Aus dem schönen Tale, zu dem die schlesischen Riesenberge den großartigen Hintergrund bilden, erheben sich zwei hohe Granitkegel, die unter dem Namen der »Falkenberge« bekannt sind. Auf einem derselben stand im zwölften Jahrhunderte eine stolze Burg, in welcher ein gewaltiger Raubritter hauste, Herr Prótzko, auch »der Falke vom Berge« geheißen. Das war ein gar wilder Gesell und in der ganzen Gegend gefürchtet. Durch Spiel und Zechgelage vergeudete er mit seinen

Spießgesellen die Beute, die er den Reisenden und Kaufleuten abgenommen hatte, und führte ein lustiges Leben in seiner festen Burg.

Eines Abends saß er in seinem hohen Gemache und ließ den vollen Becher unberührt vor sich stehen; seine Zechbrüder spotteten darüber, aber ein wilder Blick des Ritters machte sie sogleich wieder stumm. Da kam eilig ein Diener herein und meldete, wie auf der Straße von Schmiedeberg daher ein schwer beladener Wagen komme, der sicher wertvolle Kaufmannsgüter brächte. Mit wildem Geschrei sprangen die Raubritter von der Tafel auf und griffen zu ihren Schwertern; nur Prótzko rührte sich nicht und ließ die wilden Gesellen allein hinausstürmen in die finstere Nacht. Er war wohl sonst bei solchem Tanze nimmer der letzte, heut aber war seiner sanften Mutter Todestag, darum kam kein Scherz aus des Ritters Munde, kein Wein über seine Lippe, und sein blutgewöhntes Schwert blieb in der Scheide. – So war er allein in dem stillen Gemache zurückgeblieben, darin er nun mit großen klingenden Schritten auf und nieder ging. Endlich öffnete er das Fenster und lehnte sich in die Nacht hinaus. Da hörte er das Stampfen der Rosse, den wilden Ruf der Spießgesellen, und nun dazwischen ein Schrei der Angst, der einen wunderbaren Eindruck auf den finstern Ritter machte.

»Sattle mein Roß, Knappe«, rief er in den Burghof hinab, griff hastig nach seinem Schwerte und stürmte auch schon nach wenigen Minuten auf seinem Streitrosse den steilen Weg vom Falkenberge hinab. Wie eine Wetterwolke stob er gegen die Raubritter, und seine gute Klinge pfiff durch die Luft. »Gebt den Gefangenen frei«, schrie er wild, als er einen Mann gebunden zwischen den Pferden seiner Spießgesellen, sah, »laßt ihn seines Weges ziehen, oder bei meinem Barte, ihr sollt meinen Arm fühlen!« –

Die Raubritter murrten, aber Prótzko war ihr mächtigster Verbündeter und seine feste Burg ihr sicherster Zufluchtsort. Darum beschlossen sie, seiner wunderlichen Laune nachzugeben, und banden den gefangenen Kaufmann los. Aber dieser sank währenddessen zu Boden, denn er hatte bei seiner tapferen Gegenwehr eine tiefe Wunde am Halse bekommen und sein Körper war bedeckt mit Blut.

Prótzko neigte sich prüfend über ihn und eine seltene Regung des Mitleids zeigte sich in seinem Gesicht. »Tragt den armen Mann auf euren Armen nach meiner Burg hinauf, er soll dort Pflege und Wartung finden. Auch den Wagen bringt hinauf, aber wer seine Hand an das Eigentum dieses Mannes legt, der hat es mit mir zu tun!« rief er wild, und jeder sah es ihm an, daß er nicht spaße.

»Der Falke liegt in der Mause«, höhnten die Raubritter leise, aber es wagte keiner dem wilden Prótzko zu widersprechen, der schweigend und finster dem Zuge voranritt nach seiner Burg. Dort ward der fremde Kaufmann so gut als möglich gepflegt, seine Pferde gut versorgt, und die Kisten mit Waren, die er mit sich führte, von dem Burgherrn selbst verwahrt.

Wochen vergingen, ehe der Kranke genaß und seine Reise weiter fortsetzen konnte. Mit großem Danke schied er endlich von seinem mitleidigen Pfleger, der ihm nicht nur seine reiche Ladung ungeschmälert verabfolgen ließ, sondern ihm auch noch zwei seiner kräftigsten Pferde schenkte, auf daß er rascher ans Ziel seiner Reise komme.

Aber die Spießgesellen des Ritters waren mit dieser unzeitigen Großmut sehr unzufrieden und grollten, daß ihnen eine so gute Beute entgangen war, und sannen auf eine Rache, wie sie ihm etwas anhaben könnten. Es war an einem schwülen Sommertage, die Sonne verschwand grade blutrot hinter den Bergen und vergoldete mit ihren letzten Strahlen die Zinnen der Burg. Prótzko saß sinnend und allein in seinem Speisesaal und sah auf die Landschaft hinaus, als sein treuer Burgvogt atemlos gelaufen kam und meldete: »Herr, die Mannen des Herzogs Bolko umschleichen unsere Burg und haben gefährliche Waffen bei sich.« Prótzko sprang, kaum seinen Ohren trauend, auf und befahl die Tore zu schließen, die Zugbrücke herabzulassen und jedem Knappen auf seinen Posten zu gehen. Lautlos und beobachtend standen sie da, entschlossen, sich nicht zu ergeben, als ein plötzlicher, brandiger Geruch ihnen die Vermutung brachte, daß sie verraten und Feuer in der Burg angelegt sei. Mit Blitzesschnelle verbreitete sich dasselbe durch das ganze Schloß und in wenigen Minuten prasselten blauzüngelnde Flammen fast zu allen Seiten des Daches hoch empor, und die Feinde drangen ein, so daß der arme Ritter sich nur mit großer Not durch einen unterirdischen Gang retten konnte.

Verlassen und verraten von treulosen Freunden irrte der Flüchtige nun durch die Nacht, als er plötzlich jenen Kaufmann dem er so viel Gutes getan hatte, in Fischertracht vor sich stehen sah.

»Kommt mit mir in meine arme Hütte, Herr Ritter«, sagte dieser freundlich zu Prótzko, »sie wird euch sicher Schutz und Obdach gewähren. Ich bin durch Unfälle aller Art arm geworden und lebe hier ganz einsam und still als Fischer; hier wird niemand den tapfern Ritter vom Falkenberge suchen, und ich kann euch einen Teil des Dankes abtragen, den ich euch schuldig bin.«

Prótzko verschmähte dies Anerbieten nicht. Sein Wirt versorgte ihn reichlich mit Speise und Trank, als aber der Ritter am andern Morgen erwachte, war dieser verschwunden und hatte ihm sein Fischergerät zurückgelassen. Damit erwarb sich Prótzko nun seinen Unterhalt, während die Mannen des Herzogs seine Burg völlig zerstörten und dann abzogen. Nun durfte sich der Ritter mehr aus seinem Versteck wagen, um als Fischer seine Beute feilzubieten, und lebte lange Zeit davon. Aber wenn er die Ruinen seiner Burg sah, das zerstörte Nest des Falken, da ward sein Herz traurig. Er sehnte sich nach einem ritterlichen Leben, und obschon er sein früheres wüstes Treiben verabscheute, so schmerzte es ihn doch, sein treues Schwert verloren und statt dessen die Angelrute in der Hand zu haben.

Traurig senkte er diese in das klare Bächlein, das unfern seiner Hütte vorüberfloß; es war eben wieder der Todestag seiner Mutter, und schwere Gedanken bedrückten Prótzkos Herz; da fing sich ein Fisch von ganz ungewöhnlicher Größe an seinem Haken, den er nur mit der größten Kraftanstrengung ans Land zu ziehen vermochte. Er mußte tief in den Bach hinein waten, um den Fang herauszuholen; aber siehe da! von gediegenem Golde war der köstliche Fisch, und nun erst ward es dem Ritter klar, daß jener Kaufmann, dem er einst Güte und Milde hatte angedeihen lassen, niemand anders, als der mächtige Geist der Riesenberge, Rübezahl, gewesen sei.

Nun war er mit einem Male wieder reich und fand bald wieder Anhänger; er begründete in dem weniger bewohnten, östlichen Gebirgstale ein neues Schloß, an derselben Stelle, wo sein Zufluchtsort, die kleine Fischerhütte, gestanden hatte. Mitten im Walde erhob sich bald die Burg des Ritters; er gab ihr einen hohen Turm und mächtige Wälle und nannte dieselbe, in dankbarer Erinnerung der Weise, wodurch ihm die Mittel dazu geworden waren, Fischbach.

So entstand mit Hilfe des Berggeistes das schöne Dorf, welches jetzt, als einer der interessantesten und berühmtesten Punkte des Gebirgstales, von vielen Reisenden besucht wird und das Eigentum einer Fürstenfamilie geworden ist.

Rübezahl macht einem Förster einen Zopf

In dem Dorfe Brückenberg, das schon sehr hoch im Gebirge liegt, und wohin der König von Preußen einst eine norwegische Kirche bringen und aufstellen ließ, lebte vor langen Zeiten ein Förster, von dem die Rede ging, daß er wacker aufzuschneiden verstehe, und seine Jagdgeschichten, die er den Leuten stets sehr bereitwillig erzählte, erinnerten etwas stark an Münchhausens wundervolle Begebenheiten. Oft log er den Bauern am Sonntag im Wirtshause so viel vor, daß sie nicht mehr wußten, wo ihnen der Kopf stand; Rübezahl hörte das, hatte aber lange Zeit Nachsicht mit dem Förster, weil er sonst eine gute Haut war, den die Leute bis auf seine seltsamen Jagdgeschichten auch recht gern hatten.

Einstmals aber hatte er seinen Gevatter, den Pfarrer in Seydorf, besucht, und dieser gab ihm am Abende das Geleit. Während sie nun langsam den Berg hinaufstiegen, der nach der Anna-Kapelle und den weiterhin liegenden Gräbersteinen führt, kam der Förster auch wieder auf seine Jagdabenteuer und fing zu erzählen an:

»Ihr könnt es mir glauben, Herr Gevatter, mir ist manches passiert, was andere gern um vieles Geld erleben möchten, und nun sticht sie der Neid, daß sie mir die helle Wahrheit nicht glauben mögen. Denkt nur einmal z. B., wie es mir in Polen ging, an dem ungeheuren Schlawer-See, wo die größten Grausamkeiten von den Seeräubern verübt werden; mir schaudert noch die Haut, wenn ich mich derselben erinnere. Aber das wollte ich eigentlich nicht erzählen, sondern, wie ich im Dämmerlichte einmal hinaus in den Wald gehe, da sehe ich ein braunes Tier, das sich langsam in der Schonung hinbewegt. Halt, denke ich, das ist gewiß eine Kuh; ich war schon lange ohne Fleisch gewesen, nahm mein Rohr an den Backen und Schoß. Stellt euch nun aber mein Erstaunen vor, als ich hinspringe und einen Frosch – einen Riesenfrosch, so groß wie ein Ochs, getroffen habe.«

»Gevatter«, fiel ihm hier der Pfarrer in die Rede, »ihr werdet doch mit euch handeln lassen; der Frosch wird denn doch wohl etwas kleiner gewesen sein, als ihr mir weismachen wollt.«

»Nein, auch nicht einen Zoll breit habe ich ihn vergrößert, er war wie ein tüchtiger Ochs; ich habe ihm die Haut abgezogen und sie gerben lassen. Daraus ließ ich mir ein Paar Beinkleider, eine Weste und einen Pelzrock machen, und sie ist so fest und wasserdicht, daß ich tagelang im Regen auf dem Anstande stehen oder im Sumpfe waten kann, ohne mir nur die eigene Haut feucht zu machen.«

»Ei! die Geschichte ist sehr merkwürdig und klingt genau, als ob sie nicht wahr wäre.«

»Nicht wahr?« fuhr der Förster auf; »das haben mir schon viele außer euch gesagt; aber wie werdet ihr staunen, wenn ich euch eine viel merkwürdigere Geschichte erzähle. Ich hatte nämlich einen Vorstehhund – für 200 Taler hätte ich ihn schon vielmal verkauft –, der stand fest wie eine Mauer, und diese Tugend war auch endlich die Ursache seines Todes. Hört nur, ich gehe eines morgens in den Wald, nehme den Hund mit, bekümmere mich aber draußen nicht weiter um ihn; Als ich nach Haus komme, ist der Hund nicht mehr bei mir; er wird schon nachkommen, denk ich, und gehe ins Forsthaus. Die Nacht vergeht, und ich rufe am Morgen meinen Hund, aber da ist er nirgends zu finden, auch nicht im Walde. Ich streife den ganzen Tag durch die Felder, durchsuche jeden Busch, pfeife und klopfe, aber immer keine Spur von dem Hunde. Der ist gewiß in ein anderes Revier geraten und erschossen worden, denk ich, und konnte das prächtige Tier lange nicht vergessen. Nun aber hört, Herr Gevatter, was geschieht: das Jahr darauf gehe ich wieder im Walde durch das junge Holz. Da sehe ich auf einem kleinen Rasenflecken etwas Weißes und gehe darauf zu, aber – denkt euch meine Verwunderung – wie ich herankomme, sehe ich auf einem Flecke zwölf Vogelgerippe und davor das Gerippe meines Hundes, denn ich erkannte ihn an den doppelten Wolfsklauen. Der Hund hatte also hier eine Kette Rebhühner gestellt, und da diese aus Furcht vor dem Hunde nicht aufzufliegen gewagt hatten, so war das pflichttreue Tier vor und mit ihnen verendet.«

Der Pfarrer schüttelte lachend den Kopf. »Ihr findet das wohl sehr wunderbar, Herr Gevatter?« fuhr der Förster fort, »und doch das Beste kommt noch. Aus Anhänglichkeit an den treuen Hund lasse ich mir aus einem Beinknochen desselben ein Pfeifenrohr machen, und habe diese Pfeife immer im Walde mit. Da ich einstmals an einem kleinen Gebüsch hingehe und mein Pfeifchen rauche, rückt es mich plötzlich am Munde, so daß alle Zähne knacken. Ich nehme die Pfeife erschrocken aus dem Munde, aber da drückt es mich ebenso stark am Arm und der Hand, womit ich sie halte. Das war mir doch verdächtig, ich schaue die Wiese hinunter, und richtig, hinter dem Gebüsch liegt eine ganze Kette Rebhühner. Nun erst geht mir ein Licht auf; seht, so weit ging die seltene Natur des Hundes, daß der Knochen seines Beines noch so gut vor den Rebhühnern stand, wie sonst der lebendige Hund. Ja, so was kann nur unsereiner erleben!«

»Nein, das ist doch zu stark, Gevatter«, sagte der Pfarrer, »Wenn Ihr noch mehr lügt, so fürchte ich, passiert etwas.«

Der Förster geriet über diese Worte ganz in Eifer und beteuerte immer stärker, daß er nur die Wahrheit geredet habe; er könne über hundert Zeugen aufrufen; sie wären nur schwer zusammenzubringen, sagte er.

Als die beiden Gevattersleute eben an der Brotbaude hinschritten, blieb der Pfarrer zufällig einige Schritte zurück. »Gevatter«, rief er aus, »was schleppt ihr denn da hinter euch?« –

Der Förster wendete sich um und sah ein langes, haariges Ding sich auf der Erde hinschlängeln. »Es ist ein Zopf«, sagte der Pfarrer, »und euch eingewachsen.«

»Ja, ein Zopf«, sprach plötzlich eine Stimme neben ihnen, »und den wirst du tragen, mein Förster, bis du dir das Lügen abgewöhnt hast.« – Es war Rübezahl, der das sagte, und dann im Walde verschwand. Die beiden Männer standen wie versteinert, bis sich der Pfarrer endlich leise auf den Rückweg machte. Vergeblich suchte der Förster seinen Zopf los zu werden; wenn er ihn abschnitt, wuchs er im Augenblick noch einmal so stark und lang, wie zuvor. Es gab also kein anderes Mittel, um ihn los zu werden, als sich das Lügen abzugewöhnen; das kam ihm freilich sauer genug an, aber was half's. Er log auch endlich nimmer wieder, denn was der Mensch ernstlich will, das kann er auch. Seit jener Zeit aber besteht die Redensart im Gebirge und ist auch durch das Land bekannt – jemandem einen Zopf machen!

Der alte Schäfer

Nach allem Vorhergegangenen möchtet ihr nun wohl glauben, habe es sich Rübezahl zum Grundsatz gemacht, das Böse zu bestrafen und nur den guten Menschen Hilfe und Glück angedeihen zu lassen. Im Grunde aber handelte er meist nach guter oder schlimmer Laune, und nicht immer war er mit Ersatz und Schadloshaltung zur Hand, wo er durch seine Neckereien Schaden und Unheil angerichtet hatte. Zuweilen erschreckte er ganz ohne Ursache eine Gesellschaft Marktweiber durch allerlei abenteuerliche Tiergestalten, lähmte den Reisenden die Rosse, zerbrach ein Rad und warf abgerissene Felsstücke in den Weg, die nur mit großer Mühe wieder hinweggeschafft werden konnten. Wer sich durch solche Neckereien zum Zorn und Unmut gegen Rübezahl reizen ließ, den verfolgte er mit einem Steinhagel so lange, bis er sein Gebiet verlassen hatte; oder ein Schwarm wilder Bienen umgab ihn gleich einer dunklen Wolke, und der Wanderer ward von ihnen so geängstet, daß er halbtot aus den Bergen zurückkehrte.

Nur mit einzelnen Menschen ließ sich der Berggeist zuweilen in ein Gespräch ein, wobei sich aber jene sehr zu hüten hatten, eine allzu große Vertraulichkeit zu zeigen, oder sich auf seine freundliche Gesinnung zu verlassen. Man erzählt sich eine Begebenheit mit einem alten Schäfer, die von Rübezahls Eigensinn und Grausamkeit den besten Beweis liefert. Mit diesem Manne unterhielt sich der Berggeist oft, ja er leitete eine förmliche Bekanntschaft mit ihm ein, und gern ließ er sich den einfachen Lebenslauf des Hirten erzählen. Zum Dank dafür erlaubte er ihm, die Herde bis an die Hecken seines Gartens zu treiben, was kein anderer zu tun wagen durfte, verbot ihm jedoch ernsthaft weiter vorzudringen. Lange Zeit hielt der Schäfer gewissenhaft dieses Verbot und begnügte sich, nur von weiter Ferne hineinzusehen, als er aber ganz sicher in der Gunst des launenhaften Gnomen sich glaubte, trieb er seine Schafe einstmals zu nahe an das Gehege von Rübezahls Garten, daß einige der Tiere, denen die duftenden Kräuter darin verlockend waren, hindurchbrachen und nun lustig auf dem verbotenen Felde weideten. Darüber ward Rübezahl so sehr erzürnt, daß er die Herde durch ein furchtbares Getöse dergestalt erschreckte, daß sie auseinander- und den Berg hinabstürzte, wobei der größte Teil der

Schafe verunglückte oder sich verlief. Darüber ging der Wohlstand des Schäfers ganz zu Grunde, von der Freundschaft Rübezahls wollte er nichts mehr wissen und härmte sich tot.

Die drei Tischlergesellen

Es wanderten einmal drei Schreinergesellen über das Hochgebirge, von denen der eine das Fieber eben gehabt hatte und noch krank und matt war. Er war aus Erfurt und die beiden andern aus Schneeberg. Der arme Bursche war so müde, daß er kaum weitergehen konnte, aber es mußte doch immer wieder vorwärts gehen, denn das Zehrgeld war den drei Gesellen gewaltig knapp, und sie konnten nicht zu oft ein Nachtquartier machen auf dem Wege nach Prag, wo sie Arbeit zu finden hofften.

Sie gingen eben am Hainfall hin, von dem bis zur Kapelle der heiligen Anna zu Seidorf ein wundervoller Pfad hinführt; da seufzte der Erfurter: »Nun kann ich nicht mehr weiter, ich muß ausruhen; geht ihr eure Straße, ich will euch nicht länger eine Last sein.« –

»Warum nicht gar«, sagten die beiden andern Gesellen, »uns tut ein wenig Ruhe auch wohl gut, und hier unter den Fichten ist kühler Schatten und weiches Moos.«

Wie sie nun alle drei der Ruhe genossen, fiel nahe bei ihnen ein Schuß, so daß sie erschrocken aufsprangen. Über ihnen, an einem Felsenrande, stand ein Jäger, sah nach ihnen hin und verschwand. Bald darauf knackte und prasselte es im Gebüsch und ein Reh, ganz mit Schweiß bedeckt, brach durch die Zweige und stürzte nur wenig Schritte vor den drei Gesellen zusammen.

»Ei! das gibt auf viele Tage einen Braten«, sprach der eine, »und für die Haut können wir manch gutes Nachtlager bezahlen.«

»Unrecht Gut gedeihet nicht!« sprach der Erfurter; »lasset das Reh liegen, es ist ja nicht unser.«

»Dummbart!« lachten die Schneeberger, »soll es hier liegen und verwesen; der Jäger hatte keinen Hund mit, der es aufspüren konnte, und so findet's wohl nur ein anderer, der nicht so einfältig ist, wie wir. Nein, wir wollen uns daran gütlich tun, und wenn du nicht teil daran haben willst, so ist es uns um so lieber.«

Darauf brachen sie das Reh auf und warfen dem andern spöttisch die Eingeweide zu. Der schob halb gedankenlos mit seinem Stabe das Gescheide – so nennt der Jägersmann die Eingeweide des Wildes – auseinander; da blinkte und flimmerte es wunderbar, und er fand eine goldene Kugel, ja endlich noch eine zweite und dritte darin.

Die Schneeberger erschraken nicht wenig darüber, denn nun kannten sie auf einmal den Jäger und dachten: »Nun wären wir alle Not los, wenn wir nicht das Eingeweide dem Erfurter zugeworfen hätten.« Aber der teilte seinen goldenen Fund gewissenhaft mit den Reisegefährten, und diese trugen das Reh voller Freude einer armen Witwe ins Haus, die sechs hungrige Kinder hatte. Da war ein Festtag in der kleinen Strohhütte, und viele Tage lang aßen sie von dem Fleische, das ihnen die drei Schreinergesellen geschenkt hatten, die indes glücklich nach Prag und auch bald in Arbeit kamen.

Wozu es nützt, schweigend Unrecht zu ertragen

Zwei ehrliche Drechslergesellen aus dem Vogtlande, die aus der Fremde in die Heimat zurückgingen, stiegen über das Gebirge nach Böhmen zu. Als sie eben recht ermüdet und besonders sehr durstig waren, sahen sie einen Baum, der voller Äpfel hing, obgleich man sonst wohl selten hoch auf dem Gebirge einen Obstbaum treffen mag. Ein Bäuerlein stand unter dem Baume und schüttelte Äpfel, den fragen die Wanderburschen, ob sie wohl eine Mandel davon zu kaufen bekommen könnten.

»Ei, warum nicht«, antwortete das Bäuerlein und gab jedem eine Handvoll für einen Groschen.

Sie sind noch nicht weit gegangen, da beißen sie in ihre Äpfel, aber sie sind hart wie Stein und wenn sie zwei aneinander schlagen, so klingt es auch wie Kieselstein. »Der Bauer hat sich einen Spaß mit uns gemacht, die Äpfel sind ja so hart, daß die Zähne ausbrechen, wenn man beißen will, ich glaube, mit meinem Stemmeisen wären sie nicht klein zu bekommen«, sagt der eine und schüttet die Äpfel an die Erde.

»Laß sie uns auf ein Häufchen tun und mit Moos und Gesträuch zudecken«, sagte der andere, »damit niemand weiter dadurch angeführt werde, wie es uns geschehen ist; die ausgebrochenen Zähne wachsen nicht wieder und was lange leben will, braucht seine Zähne.« Und das tun sie nun in ihrer Gutmütigkeit.

»Hör'«, fängt dabei der erste wieder an, »ich glaube, das Bäuerlein war kein rechter Bauer, sondern ist der Herr vom Berge gewesen, von dem man sich so viel Schnurren erzählt. Nun, wir können zufrieden sein, daß er uns nicht schlimmer mitgespielt.«

»Ei, du hast recht«, antwortete der andere. »Aber wir sind doch selber schuld, daß er uns angeführt hat; es war dumm genug von uns, dort oben auf der kahlen Höhe einen Apfelbaum zu vermuten, gedeiht doch nicht einmal eine Kiefer dort.«

Während sie ihre steinigen Äpfel sorgfältig mit Erde und Blättern zudecken, blitzt es zwischen dem Häufchen und es liegen zwei Goldstücke darin. Die nahmen unsere guten Vogtländer mit vielem Danke und konnten's auch gar wohl gebrauchen, denn sie hatten noch ein gutes Stück Weg nach Hause. Zum Andenken an dieses Erlebnis steckte sich ein jeder noch einen Apfel in die Tasche und nahmen ihn mit in die Heimat, wo der Anblick desselben sie oft im Leben hinderte, was Dummes zu fragen und zu erbitten. Zu Golde wurden die Äpfel nicht, das brauchten die Gesellen auch nicht, denn sie verdienten durch ihr Handwerk stets ihren Unterhalt.

Der Wanderstab

Ein Wanderer kroch einst mit vieler Beschwerde unter den wild zusammengehäuften Steinhaufen des einsamsten Gebirges einher. Er mußte, nicht ohne Gefahr, von einem Abgrunde zum andern, von einem Felsen zum andern springen und steile Höhen emporklimmen, während bald wieder ein wilder Gebirgsbach seine Schritte hemmte.

»Es ist nur gut«, sagte er zu sich selbst, »daß ich meinen treuen Stab mitgenommen habe, der mir schon durch manch langes Jahr gute Dienste geleistet hat.« Bei diesen Worten setzte er ihn zwischen die Steine, um einen reißenden Bach zu überspringen; aber knacks – brach der Stab entzwei und der Wanderer fiel ziemlich unsanft in den Bach. Ganz durchnäßt sprang er wieder empor; da er sonst keinen Schaden genommen hatte, ärgerte ihn der Verlust seines Stabes am meisten. »Wie soll ich nun von diesen steilen Bergen wieder hinabkommen«, klagte er, »da ich meiner gewohnten Stütze beraubt bin und auf dieser Höhe nirgends ein Baum gedeiht, aus dessen Ästen ich mir einen neuen Stab schneiden könnte.«

Plötzlich sprach eine scharfe Stimme dicht hinter dem Wanderer: »Was fehlt dir?«

Eine große Gestalt, in einen weiten Mantel gehüllt, stand jetzt neben dem Erstaunten, der sich in dieser wilden Einsamkeit ganz allein glaubte; der Wanderer aber erholte sich von seinem ersten Schreck und erzählte dem Fremden von seinem unangenehmen Verluste.

»Und darüber wirst du so kleinmütig!« sagte dieser spottend; »hier hast du meinen Stab, wenn du dich nicht getraust, ohne solchen wieder hinabzukommen!« Damit entfernte sich der fremde Mann; und wie er so in dem niedrigen Gestrüpp des Knieholzes hinschritt, schien er immer größer und größer zu werden und endlich ganz in Nebel zu vergehen.

Der Wanderer achtete nicht viel darauf, sondern glaubte, die Entfernung oder die Brechung der Lichtstrahlen hätten diese Täuschung hervorgebracht; er war sehr erfreut über den schönen Stab, den der Fremde ihm geschenkt hatte, und schritt dann rüstig weiter. Als er ein Stück Weges gegangen war, fing der Stab an, ihm höchst beschwerlich zu werden; wo er ihn hinsetzte, glitt er wieder aus und ward dabei immer schwerer und schwerer. Kurz, er diente dem Wanderer nicht mehr zur Stütze, der mühsam die steilen Berge hinabkletterte und den Stab dabei in der Hand trug. Er mußte aber bald mit der rechten, bald mit der linken abwechseln, so schwer war der Stab, zuletzt legte er ihn gar auf die Schultern und keuchte unter der immer wachsenden Last langsam weiter. Aber auch so ward er zuletzt unerträglich drückend und der Wanderer zog ihn langsam hinter sich auf der Erde fort, wo er oft festgewurzelt zu sein schien und nur mit großer Anstrengung los zu machen war. Endlich geriet der Stab durch Zufall zwischen die Füße des Wanderers, und er umfaßte ihn mit beiden Händen, um nicht zu fallen. Dadurch ritt er förmlich auf dem wunderlichen Stock, und nun flog dieser mit ihm in gewaltiger Eile an den sieben Gründen, der Sturmhaube, dem hohen Rad und den Teichen vorbei, immer wilder, immer schneller. Der Angstschweiß tropfte dem unfreiwilligen Reiter aus allen Poren und er befahl seine Seele Gott, denn wie leicht konnte der grausige Ritt ihn hinunter in die Schneegruben reißen, wo er gewiß verloren war.

Endlich kam der Wanderer tief unter den Korallenfelsen in die Tannenwaldung und der Stab hielt an. Fluchend warf er ihn weit von sich hinweg und sank ermüdet und halbtot vor Angst auf das Moos in den kühlen Schatten nieder. Kaum aber ward er sich seiner Sinne bewußt, als er seinen alten Stab, den er am Morgen zerbrochen hatte, ganz und unverletzt zu seinen Füßen liegen sah. Fröhlich nahm er ihn auf und wanderte weiter, bis er zu einer schönen Gebirgswiese kam, die den Vordergrund zu einem freundlichen Dorfe gab, das jetzt nahe war. Nun fiel es mit einem Male wie Schuppen von den Augen des Wanderers, daß jener Fremde der Herr des Gebirges gewesen sei; und wie er sich ähnlicher Erzählungen erinnerte, zweifelte er keinen Augenblick, daß der Stab, den er ihm geschenkt, sich gewiß in Gold verwandelt hätte, und darum auch so schwer geworden sei. Eilig lief er zurück, so ermüdet er auch war, hastig durchsuchte er den ganzen Wald, durchspähte den kleinsten Busch, aber – der Stab war nirgends zu finden. –

Die gefärbten Badegäste

Eine Gesellschaft fröhlicher Badegäste beschloß eines Morgens, noch einmal die Koppe zu besteigen, ehe sie Warmbrunn verließen, um in ihre Heimat zurückzukehren; es wurden Speisen und Weine eingepackt, denn dazumal war man in den Bauden noch nicht auf Bewirtung eingerichtet, Führer und Träger genommen und alsbald aufgebrochen. Der Morgen war schön und die Reisenden waren fröhlichen Mutes; auch die Damen stimmten in den Gesang und das scherzhafte Gespräch der Männer ein. So zogen sie in Giersdorf hinauf, bei der Papiermühle in den Wald und so weiter. In der Schlingelbaude ruhten sie und sprachen den mitgenommenen Speisen tüchtig zu, und dann ging es weiter nach der Hampelbaude. Nun war der schwierigste Marsch überstanden und der Kamm der Koppe bald erstiegen Bei der Teufelswiese gab es viel Gekreisch und Gelächter, denn die weißen Strümpfe der Damen bekamen dort im Sumpfe manchen Schmutzfleck, wenn sie neben die gelegten Steine traten; alles dies erhöhte nur die allgemeine Fröhlichkeit.

Endlich stand die Gesellschaft auf der Koppe und erblickte die Welt im Sonnenglanze zu ihren Füßen; nun stieg ihre Freude an der schönen Reise auf den höchsten Gipfel, und weil sie so sehr vom Wetter begünstigt gewesen waren, auch sonst keinen Unfall gehabt hatten, ergriff ein heiteres, junges Mädchen ihr Weinglas und rief: »Zum Dank und auf das Wohlergehen des guten Rübezahl!«

Kaum war das Wort über ihre Lippen, als aus dem Teufelsgrunde ein Sturm und Wetter losbrach, daß die ganze Gesellschaft untereinander gewirbelt wurde und kaum imstande war, sich auf den Füßen zu erhalten. Unter beständiger Gefahr, in den Melzergrund hinabzustürzen, traten sie ihren Rückweg an; aber rechts und links aus den sie einhüllenden Wolken schallte ihnen ein lautes Gelächter nach und erst am Ende der Teufelswiese hellte sich der Himmel über den durchnäßten Reisenden wieder auf.

Das junge Mädchen, das mit dem Trinkspruche augenscheinlich den Herrn vom Berge so erzürnt hatte, konnte sich gar nicht über die Störung des Vergnügens beruhigen. Sie hatte dem Berggeiste ja so recht von Herzen danken wollen für das herrliche Wetter, daß nicht Nebel den Umblick in die Täler verhindert habe; geht doch wohl jedem das Herz auf in so großartiger Natur und stimmt ihn dankbar für so ungestörten Genuß.

Wie mancher Reisender hat vor- und nachher voll froher Hoffnung auf schönes Wetter die beschwerliche Gebirgsreise angetreten, hat Kamm und Kappe erstiegen und hat wieder hinunter ins Tal gemußt, ohne daß er hinunterblicken konnte in die Täler, bald war er selbst, bald die Täler in Nebel gehüllt.

»Sie können von Glück sagen«, meinte ein alter Führer, »daß der Herr des Gebirges nicht einem aus der Gesellschaft das Genick gebrochen hat, denn niemand darf ungestraft auf dem Gebirge den Namen Rübezahl aussprechen; am gefährlichsten aber ist es auf der Schneekoppe und in des Teufels Lustgärtlein.«

In der Hampelbaude übernachtete die Gesellschaft, froh, dem schrecklichen Wetter so leichten Kaufs entkommen zu sein, und am anderen Tage, als die Männer in der Schwimmanstalt badeten, erzählten sie den übrigen ihr Abenteuer auf der Koppe, wie Rübezahl sie erschreckt habe.

»Ihr könnt wohl damit zufrieden sein«, sagte ein Fremder, der zum ersten Male unter ihnen erschienen war, »wenn euch der Berggeist nicht etwa noch einen schlimmeren Streich spielt.«

»Nun, darüber sind wir wohl hinweg«, gibt einer der Reisenden zur Antwort und steigt aus dem Bade. Aber, o Himmel! wie erschrak die ganze Gesellschaft, als dieser Mann bis unter die Stirn schwarz gefärbt erschien; und noch größer ward ihr Entsetzen, als sie einer nach dem andern aus dem Wasser stiegen und dieselbe Farbe hatten, von der sie kein Waschpulver, keine Lauge rein wusch.

Einen ganzen Tag mußten sie zum Spott der andern als Mohren herumgehen; am folgenden Morgen aber verschwand die fatale Färbung und die Gefoppten sprachen fröhlich zu einander: »Es ist doch ein schlimmer Spaßvogel.« *Wer?* das mochte keiner sagen, so gescheit waren sie nun.

Der verzauberte Stab

Ein Naturforscher besuchte das Sudetental und die dunkelblaue Kette der Riesenberge, die es umgrenzten; sein Auge war offen für die tausend und aber tausend kleinen Wunder, die in der Pflanzenwelt grünen und blühen, in den feinen Adern und Gängen der Mineralien klopfen. Er hatte die grüne Botanisierbüchse, die ziemlich schwer war, über die Schulter zu hängen, auch sah der Reisende sehr ermüdet aus. »Wäre ich nur so mit einem Schritt da drüben in Schmiedeberg«, sagte er halblaut, »dort könnte ich doch meine Pflanzenfunde einlegen und trocknen; ich habe neue, seltene Exemplare darunter.« – Aber bis Schmiedeberg hatte der Botaniker noch zwei volle Stunden bergab zu steigen und doch ging die Sonne schon tief. Der Reisende verstärkte seine Schritte als plötzlich aus den Bäumen die gebückte Gestalt eines alten Mannes hervortrat, der mühsam ein schweres Bund Holz trug.

»Ei Alter«, sprach der kräftige junge Mann, »das ist harte Arbeit für euch; habt ihr niemand zu Hause, der sie für euch tun könnte?«

Der Angeredete wendete sein auffallendes Gesicht um, darin ein Paar helle Augen blitzten und eine scharf gebogene Nase bedeutend hervortrat, und antwortete: »Wer sollte mir es heimtragen? Ich habe weder Weib noch Kind, auch sonst keine Anverwandten und Freunde.«

»Nun, so gebt mir's«, sagte der Botaniker gutmütig, »für meine Schultern ist das nur ein Spaß.« – Dabei nahm er dem alten Manne die Last ab und trug sie neben der Pflanzenkapsel auf dem Rücken. »Wo habt ihr denn denn eure Wohnung, alter Vater?«

»Nun, ein gutes Stück in die Berge hinein, noch hinter den Grenzbauden.«

»Also wieder rückwärts – o weh, meine Pflanzen«, sagte der junge Mann ganz leise, schritt aber doch rüstig vorwärts. Eine halbe Stunde hatte er fast versäumt durch seine Gutmütigkeit, darum warf er rasch das Gebund Holz an der kleinen Hütte nieder und sagte dem Alten Lebewohl. Aber dieser hielt ihn zurück.

»Wie weit wollt ihr denn heute noch gehen?« fragte er.

»Bis Schmiedeberg, dort habe ich Freunde und will meine Pflanzen einlegen.« –

»Ei! damit hat's wohl bis morgen Zeit; bleibt doch in den Grenzbauden, lieber Herr, und seht die Sonne aufgehen; es gibt morgen einen schönen Tag.«

»Seht nur, wie das manchmal geht; ich bin schon lange fort von daheim und mein Geld ist rein aufgezehrt, ich könnte eine Nachtherberge nicht mehr bezahlen. Drunten schaffen die Freunde wohl wieder Rat, obgleich sie brummen, daß meine Reiselust so viel Geld kostet. Nun, ich kann's doch nicht anders! – Hätte ich Geld gehabt, so wäret ihr nicht so unbeschenkt von mir gegangen, mein guter Alter.« –

»Nun, Glück auf den Weg, und da ihr noch einen so weiten Weg habt, da, – nehmt einen Stab aus dem Holzbündel, daß ihr mir so weit getragen habt, es ist doch eine Stütze beim Abwärtssteigen.«

Der Reisende nahm lächelnd das Geschenk des alten Mannes, da er zu gutmütig war, um ihn durch ein Ablehnen desselben zu betrüben. Er schwenkte den Hut zurück und hob den Stab, um nun rüstig weiterzuschreiten, – aber – da stand er ja schon mitten in der Stadt neben dem altertümlichen Rathause und pochte an die Tür seines Freundes. – Er glaubte zu träumen, faßte an seine Stirn, er war wach, die Botanisierbüchse hing schwer auf seiner Schulter, in der Hand hielt er den Stab, den ihm der Alte geschenkt hatte.

Da hat mir meine Zerstreuung wohl einen Streich gespielt, und ich habe den weiten Weg zurückgelegt, ohne es zu bemerken, dachte er kopfschüttelnd und ließ es sich nun wohlsein bei dem Freunde. Die Pflanzen wurden eingelegt und geordnet, Moose mit der Lupe untersucht und beschrieben, die halbe Nacht hindurch. An sein Abenteuer dachte er nicht mehr, der rohe Stab lag verachtet im Winkel.

So ging es einige Tage, da wachte die Reiselust wieder mit aller Macht auf. Könnte ich nur ein recht großes Stück hinaus in die Welt, dachte er, aber ich soll hier bleiben und ein Amt annehmen. Hätte ich nur eine Handvoll des armseligen Goldes, es sollte mich nichts abhalten, meinen Wanderstab wieder weiterzusetzen.

»Wem Gott will rechte Gunst erweisen,
Den schickt er in die weite Welt,
Dem will er seine Wunder weisen
In Berg und Wald, in Strom und Feld!«

Und traurig nahm er den Stab aus der Ecke, drehte ihn langsam in den Händen und dachte, wie herrlich es jetzt wäre, durch die Alpen nach Triest zu wandern. – Er hatte es kaum ausgedacht, da stand er auf der letzten Höhe des Karstes, vor ihm der tiefblaue Himmel des südlichen Frühlingshimmels, das Adriatische Meer mit seiner grünen Farbe und den zahlreichen Schiffsmasten, tief unter ihm die mächtige Handelsstadt. Mit weit offenen Augen schaute er in die untergehende Sonne und jauchzte dann freudig auf. Ein Blick auf den rohen, unsscheinbaren Stab erklärte ihm das schöne Wunder, dem der glückliche Naturforscher die Befriedigung seines heißesten Wunsches, die Welt aber bald manch wichtige Bereicherung der Wissenschaft zu danken hatte. In seinem Herzen aber tönte der letzte Vers des schönen Liedes wieder, der sich auch an ihm bewahrheitet hatte:

Den lieben Gott lass' ich nur walten,
Der Bächlein, Berge, Wald und Feld
Und Erd' und Himmel wird erhalten,
Hat auch mein Sach' aufs best' bestellt.

Als altersmüder Greis kehrte er in sein Vaterland zurück und pilgerte hinauf in das Riesengebirge, um dort den wunderbaren Stab niederzulegen. Wer ihn doch finden könnte! –

Der böse Edelmann

Ein Edelmann, den Rübezahl schon einmal durch einen Possen gewarnt hatte, da ihm so viele Klagen zu Ohren gekommen, war besonders hart gegen die Armen, wenn er sie im Holze traf und gab ihnen seine Reitpeitsche sogleich zu fühlen. Trieb nun gar ein Bauer das herrschaftliche Wild von seinen Feldern, wo es Verheerungen anrichtete, den verfolgte er mit besonderem Hasse. Wer einen Hirsch tötete, der seine Saaten fraß, ward nicht selten zwischen die Geweihe eines Hirsches gebunden und in den Wald hinausgeschickt, bis das Tier sich seiner Bürde auf irgend eine Weise entledigte. –

»Komm du mir nur einmal ins Gebirge, dir will ich's heimzahlen«, denkt Rübezahl. Nun geschieht's auch wirklich einmal, daß der Edelmann eine große Jagd anstellt und sich dabei um keine Grenze bekümmert. Auf diese Weise kommt er in Rübezahls Gebiet; der hört kaum das Hallo der Treiber, das Knallen der Röhre, so denkt er: »Ha, nun ist's Zeit!« Tritt also auf den Edelmann zu und fragt ihn, wer ihm erlaube, auf fremdem Reviere zu jagen.

Der Edelmann erstaunte nicht wenig über die Keckheit des unbekannten, unscheinbaren Mannes, fährt ihn rauh an, ihn fragend, wie er dazu komme, ihm, dem Edelmann, in den Weg zu treten. Rübezahl erwiderte: »Hier bin ich der Herr, und du sollst sehen und fühlen, daß du mit mir nicht umspringen darfst, wie mit deinen armen Bauern.«

Solche kecke Rede hatte der Edelmann noch nie gehört, er stößt in sein Hüfthorn und gibt den herbeieilenden Jägern Befehl, den Mann zu ergreifen. Der bleibt ruhig stehen und sieht einen nach dem andern mit stechenden Augen an und wenn er einen ansieht, so steht dieser gleich starr und steif da. Nun wird der Edelmann wütend, zieht sein Waidmesser heraus und will es dem ersten besten in den Leib stoßen. Aber Rübezahl faßt ihn gelassen an der Brust, so daß er sich nicht rühren und regen kann. Hierauf hält er ihm sein ganzes Sündenregister vor und sagt ihm, dies sei seine letzte Jagd. – Dann verschwand er, nachdem er den Edelherrn auf den Boden geworfen hatte, daß ihm alle Rippen krachten. Kaum war er fort, so bekamen Jäger und Treiber das Leben wieder, machten eine Bahre von Zweigen, legten den Herrn darauf und trugen ihn nach Hause.

Nun war im Schlosse große Trauer und im Dorfe große Freude. Der Doktor wußte nicht recht, was er dem Kranken verschreiben solle und griff bald zu diesem, bald zu jenem. So mußte unser Edelmann ganze Schaufeln Pulver nehmen, Kochtöpfe voll Latwerge und Pillen, so groß wie Straußeneier; aber es half doch alles nichts. Nun wurde ihm Ader gelassen und er mußte so diät leben, wie ein Sperling; darüber verging der edle Herr vollends; zuletzt ward er so verändert und ruhig, daß er sagte: »Mit mir ist's vorbei, gebt mir meinen Degen an die Seite, daß ich wie ein Edelmann sterben kann.« »Gebt ihm auch die Sporen dazu«, sagte einer seiner Freunde, »denn diese gehören zu einem Edelmann, der vor seinen Gott treten soll.« Da verwunderten sich die Diener, daß ihr Herr auch einen Gott habe, weil sie dies nie zuvor gehört hatten und freuten sich in ihren einfältigen Herzen darüber. Und sie zogen ihm Stiefel und Sporen an, legten ihm den Degen an die Seite, zu Füßen sein Wappenschild. Dann starb der Kranke beruhigt. Auf einmal klopft es an die Tür und ein Fremder tritt herein, der sich für einen adeligen Arzt ausgibt und einen Versuch machen will, ob der Edelmann wirklich kein Leben mehr in sich habe. Das war aber wieder Freund Rübezahl, und wie er den Toten berührt, fällt er sogleich in ein Häufchen Asche zusammen; selbst vom Degen und den silbernen Sporen ist nichts mehr zu sehen.

Vergessen ist der Edelmann wie jeder, der nichts Gutes im Leben geleistet hat, vergessen nicht nur von seinen Feinden, auch die Freunde, die freilich nur auf Äußerlichkeiten sahen, haben nichts zur Erinnerung zurückbehalten, vergessen wie jeder Egoist, der nichts tut, seine Mitmenschen zu beglücken, oder ihnen im Elend zu helfen.

Grünmantel

In dem wüstesten und grauenvollsten Teile des Riesengebirges stand eine kleine Hütte, in der ein armer Köhler, namens Erdmann, mit seinem Sohne Konrad lebte. Konrad war ein hübscher, lebhafter und sehr gutartiger Knabe, dessen liebste Beschäftigung es war, in den Feierstunden – denn er mußte seinem Vater fleißig arbeiten helfen, obgleich er kaum elf Jahre alt war, – durch das Gebirge zu streifen, das am meisten verrufen war, weil man glaubte, daß Rübezahl dort sein Wesen treibe. Aber gerade an diesem Platze spielte er mit seinen Schulkameraden am liebsten, und es vergnügte sie am meisten, mit kleinen Steinen und Blechmarken Anschlag zu werfen.

Seit einiger Zeit fanden die Knaben, wenn sie dies ihr Lieblingsspiel trieben, kleine Silberpfennige im Sande, was jedoch keinem von ihnen befremdlich war, da sie den Wert dieser Münzen nicht kannten und daher nie daran dachten, danach zu suchen. Spielte der Zufall einem oder dem andern einen solchen glänzenden Pfennig zu, so war's allemal eine laute Freude; doch waren die Kinder noch alle in dem glücklichen Alter, wo Habsucht oder unnütze Grübeleien ihrer Seele fremd waren; und so dachten sie auch nicht weiter über den Zusammenhang nach, als sich zuletzt bei ihren Spielen auch ein fremder Mann einfand, den sie, seiner Kleidung wegen, den Grünmantel nannten. –

Grünmantel schien ein Freund der Kinder zu sein, er teilte ihre Spiele oder lehrte sie auch ganz neue. Immer fand er die meisten Silberpfennige und verteilte sie unter die Knaben, so daß diese ihn bald recht lieb gewannen, und gern gewußt hätten, woher er komme und gehe; denn er verschwand jedesmal spurlos und stand auch immer ebenso unvorhergesehen mitten unter ihnen. Da er aber diese Fragen nicht beantwortete, wurden sie ebenso rasch von den kleinen Burschen wieder vergessen.

Zuweilen aber maßte sich ihr unbekannter Spielgefährte das Richteramt über sie an, wenn kleine Streitigkeiten zwischen ihnen vorkamen, und wer im Unrecht war, der konnte sich immer darauf gefaßt machen, einige derbe Hiebe von dem Grünmantel zu bekommen, ohne das dieser ein Wort dabei sprach. Oft verjagte er die ganze Knabenschar bis auf Konrad, für den er ein ganz besonderes Wohlwollen zeigte; er nahm alsdann diesen bei der Hand und führte ihn zwischen Klippen und Felsen zu überraschenden Punkten hin, zeigte ihm auch goldene Münzen im Sande, mit denen Konrad auch gern spielte, sie aber achtlos wieder verlor. Die vielen Wunderlichkeiten des Grünmantels verscheuchten nach und nach die kleinen Burschen von ihrem Spielplatze, und nur Konrad ließ sich nicht abhalten, immer wieder dahin zurückzukehren.

Es war auch nicht einsam dort, denn nun fehlte der Grünmantel selten und fing jetzt an mit dem Knaben zu sprechen, was er nie zuvor getan hatte. Er wußte allerlei hübsche Geschichten zu erzählen und beschenkte seinen kleinen Freund oft mit Goldstücken, wogegen er sich das Versprechen der tiefsten Verschwiegenheit über alles dies geben ließ.

Konrad dachte: dabei kann ja nichts Unrechtes sein, und versprach dem Grünmantel mit Hand und Mund, er wolle es nie einem Menschen sagen, daß er mit ihm zusammentreffe und so schönes Spielzeug von ihm bekomme. Und er hielt auch treulich Wort, denn er fürchtete, seinen lieben Spielgefährten sonst zu verlieren. So verging Sommer und Herbst in Lust und Freude; allein nun kam der Winter, und der tiefe Schnee verwehrte dem Knaben, seinen Freund auf dem Berge zu besuchen.

In dieser Zeit erkrankte auch Konrads Vater, und der Schäfer des Dorfes gab wenig Hoffnung, daß es mit ihm noch einmal besser werden würde. Einen Arzt anzunehmen, war Erdmann zu arm, und so wankte er denn seinem frühen Grabe zu. Natürlich war an Verdienst nicht mehr zu denken, und es fehlte oft selbst an den schmalen Bissen, die Vater und Sohn zu ihrem Unterhalte bedurften. Wie leicht hätte Konrad aller Not ein Ende machen können, wenn er den Wert seiner goldenen Spielpfennige gekannt hätte und vor seinem Vater keine Heimlichkeiten gehabt hätte.

So mußte, als alles andere verzehrt war, auch noch die Ziege verkauft werden, die Konrad so lieb hatte; wie traurig war der arme Knabe, als er sie am Strick nach dem nächsten Dorfe führen mußte, um sie dort zu verkaufen. Da begegnete ihm ein alter Mann, der ein Gespräch mit ihm anfing, und als er hörte, daß Konrad die Ziege verkaufen wollte, gab er ihm ein Goldstück dafür und wollte mit der Ziege seines Weges ziehen. Als aber der Knabe das Goldstück in der Hand hielt, schüttelte er den Kopf und sagte: »Guter Mann, solcher blanken Dinger habe ich viele zu Hause, dafür kann man aber nichts kaufen, die sind nur zum Spielen. Nehmt es also nur wieder zurück und gebt mir Silbergeld dafür.«

»Kleiner Tor!« lachte der Mann, »mache einmal die Probe, was mehr gilt; hier hast du einen Silbergroschen und hier das Goldstück, lauf' ins Dorf und siehe, wofür du das meiste Brot bekommen wirst. Ich will hier auf dich warten.«

Konrad gehorchte, ließ seine Ziege dem Fremden und ging ins Dorf zu einem Manne, der ehrlich genug war, ihn mit dem vollen Werte des Goldstückes bekannt zu machen und ihm nun allerlei Bedürfnisse für das Haus einkaufen zu helfen Damit kehrte Konrad wohlbehalten zurück, fand aber den fremden alten Mann nicht mehr wieder und eilte nun zu seinem Vater.

An der Schwelle des Hauses sprang ihm seine liebe Ziege lustig entgegen. »Ein Fremder«, sagte der Vater, »hat sie mir heimgebracht; er habe sie im Walde gefunden, sagte er.« Darüber erstaunte Konrad nicht wenig und erzählte nun auch sein Abenteuer mit dem fremden, alten Manne. Von dem übrigen Gelde und den eingekauften Lebensmitteln konnten nun Vater und Sohn länger als eine Woche zehren und dankten Gott dafür, daß er ihnen eine so wunderbare Hilfe geschickt hatte.

Aber die nahrhaftere Kost, die Konrad für den Kranken herbeigeschafft hatte, schadete diesem und mehrte seinen Fieberzustand so sehr, daß es schien, als, sei sein Tod nahe. Es kamen nun einige seiner Bekannten aus dem Dorfe, um ihm in den letzten Augenblicken beizustehen; darunter war auch der Mann, welcher dem kleinen Konrad das Goldstück eingewechselt hatte. Der sagte zu dem weinenden Knaben: »Gehe hinaus in die frische Luft, dein Vater wird schon wieder gesund werden, und wenn nicht, will ich dein Vater sein!«

Traurig ging Konrad hinaus und richtete seinen Fuß nach dem bekannten Berge, wo er sonst so oft seinen lieben Grünmantel getroffen hatte. Es lag noch Schnee an einzelnen Stellen des Berges, während unten im Tale schon voller Frühling war. Für alle Schönheiten der Natur aber hatte der betrübte Knabe jetzt kein Auge, er legte sich in das weiche Moos und weinte still. Tief unter ihm brauste der Sturzbach, und das Gesträuch hatte eine grüne Färbung angenommen von den aufschwellenden Knospen.

»Worüber weinst du denn so sehr?« sprach eine bekannte Stimme hinter ihm, und Konrad schlug freudig überrascht seine geschwollenen Augen zu der Gestalt seines Freundes Grünmantel empor. »Steh auf!« sagte dieser, »und erzähle mir dein Leid, vielleicht kann ich helfen!«

»Ach!« antwortete der Knabe schluchzend, »hier ist alles so schön und drunten in unserer Hütte ist es gar so traurig. Mein lieber Vater stirbt, und ich bin dann verlassen und allein in der Welt.« –

»Sieh einmal diesen wilden Rosenbusch an«, sagte Grünmantel, »wie ihn der Frühling wieder frisch und grün gemacht hat, so daß schon hin und wieder die ersten Blüten aufbrechen. Und nun denke daran, wie dürr und kahl er im Herbste stand, so daß du glaubtest, er könne nie wieder blühen. – Sammle das frische Laub von diesem Strauche und bestreue deines Vaters Lager damit, vielleicht, daß die gesunkenen Kräfte sich noch einmal dadurch stärken lassen. Aber eile, denn die Zeit ist kurz!«

Konrad nahm sich kaum Zeit, dem Grünmantel zu danken, er füllte seine Mütze ganz mit Rosenlaub und trug davon soviel in den Händen, als er fortbringen konnte. Eilig lief er damit den Berg hinab, der Hütte zu, und überstreute das Bett des Kranken mit dem duftenden Laube. Davon schlug der Vater die Augen auf und drückte dem Knaben schwach die Hand, aus Freude über den stärkenden Geruch. Und sichtbar ging eine Veränderung mit ihm vor, die alle in Staunen setzte. Schon am dritten Tage konnte er, auf Konrad und den Nachbar gestützt, das Bett verlassen und sich vor die Hütte in den milden Sonnenschein setzen. »Wie ist doch so großes Wunder an mir geschehen, der ich schon zu sterben meinte?« fragte er freudig.

»Darum müßt ihr den Konrad befragen«, antwortete der Nachbar.

»Nun«, sagte dieser unbefangen, »vielleicht hat euch das junge Laub geholfen, was ich auf euer Lager gestreut habe.«

»Wie bist du denn zu dieser Wunderarzenei gekommen, mein Sohn?«

Konrad schwieg verlegen; – er dachte an das Versprechen, gegen niemand sein Geheimnis mit dem Grünmantel verraten zu wollen. Und lügen hatte er, gottlob! nicht gelernt.

»Er wird das Rosenlaub wohl auch daher haben, von wo er seine Ziege wiederbekommen hat«, sagte der Nachbar spottend.

»Gewiß, ich habe den fremden Mann, dem ich die Ziege verkaufte, nicht gekannt«, rief Konrad lebhaft, »und habe ihn weder zuvor, noch später gesehen!«

»Um so besser«, fuhr der Nachbar mit höhnischer Miene fort, »wirst du *den* kennen, der dir den hübschen Vorrat von Goldstücken gab, die du so heimlich in deine Kammer versteckt hast!« –

»Wie, mein Kind! Du hättest Gold gehabt und deinen Vater doch so lange Not leiden lassen?« fragte Erdmann vorwurfsvoll.

»Vater, man kann ja damit nur spielen«, flüsterte Konrad schüchtern. »Aber ich will dir alles erzählen!«

Und nun teilte ihm der Knabe in voller Wahrheit alles mit, obgleich er es nicht ohne geheimen Widerwillen tat, weil sein Freund Grünmantel es ihm ja verboten hatte.

»Das ist niemand anders gewesen, als der Herr des Riesengebirges, der gefürchtete Rübezahl«, sagte Erdmann freudig, »er hat unserer Not nun auf immer ein Ende gemacht. Da er aber die Übertretung seiner Gebote oft streng zu bestrafen pflegt, wollen wir eilen, aus seinem Gebiete zu kommen.«

Und nun holten sie die Goldstücke aus der Hütte, packten ihre wenigen Habseligkeiten zusammen und zogen in eine andere Gegend Schlesiens fort, um vor der Rache des Berggeistes sicher zu sein; dort kaufte Erdmann ein hübsches Häuschen und erzog Konrad zu einem braven, fleißigen Menschen, dem es stets wohl erging. Oft dachte dieser noch in den spätesten Jahren seines Lebens mit dankbarem Herzen an seinen lieben Gespielen Grünmantel.

Rübezahl

Schauspiel in einem Akt

Personen

Rübezahl.
Elisabeth.
Vater Thomas.
Gustav.
Die Mutter.

Erste Szene

RÜBEZAHL *steigt während eines Gewitters aus der Erde empor und sieht sich neugierig überall um.*
Ich, Herr Johannes, im Riesengebirge
Mit Furcht und Zittern nur genannt,
Weil ich mit Lust die Bösen würge,
Sie oft gestraft mit harter Hand;
Ich zeige nach ein paar hundert Jahren
Mich wieder einmal auf den Bergen hier,
Um etwas Neues zu erfahren,
Und zu durchreisen mein Revier.
Musäus hat von mir geschrieben
So manches Märchen wunderlich;
Doch wenn die Menschen wie sonst geblieben,
Sind sie viel närrischer als ich.
Sie machen sich durch Haß und Neid,
Durch Falschheit selbst das Leben sauer,
Sie schätzen sich nur nach dem Kleid
Und machen sich die Welt zur Trauer.
Zwar sind gar viele hochgelehrt
Und wissen wunderkluge Sachen,
Doch fragt nur, was dazu gehört,
Um sich das Leben leicht zu machen,

Und, selbst von groben Fehlern rein,
Es andern liebreich zu versüßen,
Im Frieden mit der Welt zu sein,
Da fragt einmal, ob sie das wissen?
Denk ich der Jugend jetz'ger Zeit,
Juckt's in den Fingern mich zur Stelle,
Die macht sich gar gewaltig breit,
Hält Kränzchen gar und Kinderbälle.
Wenn sie französisch nur versteht,
Glaubt sie schon Wunder was zu können,
Sie kann wohl, wie der Ebro geht,
Doch nicht der Heimat Flüsse nennen!
Es sagt manch Kind dir auf ein Haar,
Wer Mutius Scävola gewesen,
Doch frage nur, wer Luther war,
So haben sie's noch nicht gelesen.
Dort sitzt ein Mädchen am Klavier
Und fehlt nicht eine einz'ge Note,
Fast jede Oper kennt sie dir,
Nur leider nicht die zehn Gebote. –
So steht es mit der Jugend jetzt,
Die fromme Einfalt ist verschwunden;
Ich aber hab mich in Bewegung nun gesetzt,
Um mich als Herr hier zu bekunden.
Ich werde, nach meiner alten Manier,
Den Guten necken und endlich beglücken,
Den Bösen aber, nach Gebühr,
Recht arg geprellt nach Hause schicken.
Sieh da, – das kommt ja wie beschert, –
Dort naht sich eine alte Mutter,
Sucht dürres Holz für ihren Herd
Und für die Zieg' ein wenig Futter.
Zwei Kinder folgen, jung und zart,
Da will ich mich sogleich verstecken,
Vielleicht kann ich die Sinnesart
Der armen Leutchen so entdecken. –

Er versteckt sich.

Zweite Szene

Die Mutter, Elisabeth und Gustav, dürres Reisig suchend.

MUTTER.
    Gottlob! das Gewitter ist vorüber;
    Es scheint die Sonne wieder schön.
ELISABETH.
    Doch, gute Mutter, ihr solltet lieber
    Um trockne Kleider jetzt nach Hause gehn.
MUTTER.
    Es ist ja nur ein Rock im Schranke,
    Und du bist mehr als ich durchnäßt.
ELISABETH.
    Ei, liebe Mutter, welch ein Gedanke,
    Ich bin noch jung, gesund und fest!
MUTTER.
    So laß uns nur die Hände rühren,
    Die Arbeit hier macht wieder warm
    Und läßt im Winter uns nicht frieren.
ELISABETH *seufzend*.
    Ach, wären wir nur nicht so arm!
MUTTER.
    Sprich, möchtest du denn etwa lieber
    Reich, wie der Nachbar Töffel, sein?
ELISABETH.
    O nein, der schließt ja jeden Stüber
    Voll Geiz in seinen Kasten ein!
MUTTER.
    Könnt ich doch, wie der Schulze, schenken
    Der Tochter ein so stattlich Haus –
ELISABETH.
    Da würd ich mich noch sehr bedenken,
    Dort sieht's nicht eben friedlich aus!

MUTTER.
    Ist Küsters Röse zu beneiden?
    Sie hat voll Linnen Kist' und Schrank! –
ELISABETH.
    O nein, das wär' ein rechtes Leiden,
    Jahraus, jahrein ist Röse krank!
MUTTER.
    Die reiche Elsbeth aus der Mühle,
    Die wärst du aber gern, mein Kind?
ELISABETH.
    Ha! was du sagen willst, das fühle
    Ich tief, – *ihr ist die Mutter blind!*
    Nein, nein, ich schäme mich der Klage,
    Mit keinem möcht ich tauschen gern,
    Es hat ein jeder seine Plage;
    Vertrau'n wir nur auf Gott den Herrn.
    Um *deinetwillen* mög' er schenken
    Uns bess're Tage, nicht so schwer. –
MUTTER.
    Willst du nicht auch des Guten denken?
    Wenn ich nur Elsbeths Mutter wär' –
    So bin ich rüstig auf den Füßen,
    Zur Wette spinn ich noch mit dir,
    Und meine Kinder – sie versüßen
    Auch kummervolle Tage mir.

    Elisabeth schlingt ihren Arm um die Mutter. Gustav kommt
                             herbeigesprungen.

GUSTAV.
    Hier, seht nur, bring ich reife Beeren,
    Die Mutter jetzt allein sie essen muß.
MUTTER.
    Wir wollen sie zusammen verzehren,
    Denn so nur ist's für mich Genuß.

Dritte Szene

Die Vorigen. Rübezahl als Jäger.

GUSTAV.
    Sieh, Mutter, da kommt ein fremder Mann.
MUTTER.
    Brauchst darum keine Furcht zu hegen.
    Was geht der fremde Jäger uns an?
    Wir sind ja nicht auf bösen Wegen.
RÜBEZAHL.
    Gott grüß euch!
MUTTER.
    Schönen Dank, Herr!
RÜBEZAHL.
    Was macht ihr da?
MUTTER.
    Wir sammeln Reiser;
    Der Winter ist lang und oft gar schwer,
    Und schlecht verwahrt sind hier die Häuser.
RÜBEZAHL.
    Wer seid ihr?
MUTTER.
    Eine arme Frau
    Mit ein paar guten, frommen Kindern;
    Wir lebten sonst dem Ackerbau,
    Der Feind tat uns die Scheuern plündern,
    Nahm unser bißchen Vieh, zerschlug,
    Was eben nicht fortzubringen war;
    So kamen wir um Acker und Pflug,
    Es geht nun schon ins fünfte Jahr.
RÜBEZAHL.
    So seid ihr Witwe?
MUTTER.
    Nein, ach nein!
    Das wolle der liebe Gott verhüten!

RÜBEZAHL.
> Dann wird der Mann in der Schenke sein,
> Statt sich um Tagelohn zu vermieten?

MUTTER.
> Bewahre! mein guter Thomas war
> Stets fleißig und lebte eingezogen;
> Als aber das Vaterland in Gefahr,
> Da ist er mit in den Krieg gezogen.
> Fünf Jahr und drüber sind schon verflossen,
> Seit ich nichts mehr von ihm gehört,
> Seit ich und meine Unglücksgenossen
> Mit Tränen jeden Bissen verzehrt.

RÜBEZAHL.
> So läßt sich wohl nicht anders glauben,
> Als daß eine Kugel ihn hingerafft?

MUTTER.
> Wollt ihr die letzte Hoffnung mir rauben?
> Mit ihr des Lebens Mut und Kraft?

RÜBEZAHL.
> Doch besser, er schlummert im kühlen Grabe,
> Als wenn er, ein Bettler, wiederkehrt!

MUTTER.
> O, wenn ich ihn nur wiederhabe,
> Mein treues Herz nicht mehr begehrt.

RÜBEZAHL.
> Wenn nur nicht etwa gar am Ende
> Zum Krüppel ward der arme Mann?

MUTTER.
> Ach, dann gibt's noch vier fleißige Hände,
> Und auch der Gustel wächst heran! –

RÜBEZAHL.
> Ihr wagt euch so auf diese Straße,
> Wie, wenn der Berggeist euch erschreckt?

MUTTER.
> Hab ich doch immer gehört, er lasse
> Die guten Menschen ungeneckt!

ELISABETH.
> Ja, Herr! wir haben ein gutes Gewissen;
> Er mag nur kommen, wenn's ihm beliebt.

RÜBEZAHL.
> Vielleicht würd' er dich zu trösten wissen,
> Du schienst vorhin mir sehr betrübt.

MUTTER.
> Wir haben schon viel Zeit verplaudert,
> Und im Gebirge ist's nicht gut,
> Wenn man bis in die Dämmrung zaudert.
> Lebt wohl!

RÜBEZAHL.
> Auch ihr, und bleibt bei gutem Mut.

MUTTER.
> O ja, was Gott über mich verhängt,
> Das wird er auch alles zum Guten lenken.

GUSTAV *vertraulich zu Rübezahl.*
> Wenn er einmal ein Eichhörnchen fängt,
> So könnt' er's wohl dem Gustel schenken!

RÜBEZAHL.
> Bist du der Gustel? wir wollen sehn!

GUSTAV.
> Er sieht zwar etwas grimmig aus,
> Als wollt er einem den Hals umdrehen;
> Ich mache mir aber gar nichts daraus.

RÜBEZAHL.
> Das freut mich, Kleiner!

MUTTER.
> Komm, mein Kind!
> Noch ist der Korb nicht voll, drum munter!
> Wir suchen und füllen ihn geschwind;
> Und dann in unser Dörfchen hinunter.

Ab.

Vierte Szene

RÜBEZAHL *allein.*
    Die Mutter ist brav, die Kinder gut,
    Man hört es ja aus jedem Worte;
    Schon manchem half ich aus Übermut,
    Doch hier ist Hilf' am rechten Orte.

Fünfte Szene

Der Vorige. Thomas, auf Krücken, ohne Rübezahl zu sehen.

THOMAS.
    Für heute kann ich nun wohl nicht weiter,
    Ich armer Krüppel! was soll ich tun?
    Die Luft ist warm, der Himmel heiter –
    Hier will ich unter dem Baume ruhn.
    Den Berg herauf mußt' ich schon keuchen,
    Doch morgen hab' ich neue Kraft,
    Die liebe Heimat zu erreichen,
    Die mir die letzte Ruh' verschafft.
    Zwar komm' ich, ach, mit leeren Händen,
    Und bin ein Krüppel obendrein,
    Kann nur verzehren, nur verschwenden,
    Und nichts erwerben – welche Pein!
    Warum fand nicht den Weg zum Herzen
    Die Kugel, die mein Knie gefaßt!
    So wär' ich ledig aller Schmerzen,
    Und meinen Kindern nicht zur Last.
    Zur Last? – Ach nein, sie werden gerne
    Hilfreich dem Vater zur Seite stehn;
    Und der da droben regiert die Sterne,
    Läßt mich, wohl auch nicht untergehn. –
    Könnt' ich denn nichts, gar nichts erwerben?
    Sind doch die Hände noch wohl geschickt;
    Und gerne, gerne will ich sterben,
    Hab' ich nur die Meinen noch erblickt.

Er hat sich unter einem Baum gelagert.

RÜBEZAHL *beiseite.*
    Er ist's! – fürwahr auf diese Höhen
    Hat ihn ein guter Geist, geschickt;
    Er mag im Traum die Kinder sehen,
    Bis er sie wach an den Busen drückt.

Ab, nachdem er nach einigem Nachsinnen dem Thomas die Krücken weggenommen hat.

THOMAS *erwachend, greift um sich und sucht sie vergebens.*
    Wo sind meine Krücken? – guter Gott! –
    Ein Bösewicht hat sie mir genommen, –
    Wer trieb mit mir so bittern Spott,
    Wie soll ich nun nach Hause kommen?

Sechste Szene

Rübezahl als Köhler, Thomas.

RÜBEZAHL.
    Was wimmert denn da?
THOMAS.
    Ach, guter Freund,
    Seid mir tausendmal willkommen!
    Ihr wie ein Engel mir erscheint, –
    Ein Bube hat mir die Krücken genommen,
    Sucht doch im Strauchwerk, guter Mann,
    Vielleicht warf er sie weg –
RÜBEZAHL.
    Der Bärenhäuter!
THOMAS.
    Ich bin ein lahmer Kriegesmann,
    Und ohne Krücken kann ich nicht weiter.
RÜBEZAHL *beiseite.*
    Ich will dir deinen Schmerz bezahlen.

Laut. Wer seid ihr denn? wo kommt ihr her??
THOMAS.
    Ich heiße Thomas, komm aus Westfalen,
    Im Kriege ward ich verwundet schwer.
    Dort unten im Tal liegt meine Hütte,
    Wo mir in guter Kinder Mitte,
    Das treue Weib zur Ruhe winkt,
    Da bin ich denn bis hierher gehinkt. –
RÜBEZAHL.
    Seid ihr der Thomas, der vor fünf Jahren
    Geplündert unter die Soldaten ging?
THOMAS.
    Der bin ich. Habt ihr was erfahren,
    Wie es indes den Meinen ging?
RÜBEZAHL.
    Die Tochter – ist im Bach ertrunken;
    Den Jungen – haben die Pocken hinweggerafft;
    Und endlich ist die Mutter ins Grab gesunken,
    Wie ein dürrer Baum, ohne Saft und Kraft.

Ab.

THOMAS.
    Gott! Gott! dann brauch' ich keine Krücken,
    Keinen Trost und keine Hilfe mehr! –
    O Kugel, die mich lahm geschlagen,
    Warum nicht höher herauf ins Herz!
    Ich habe alles mit Mut ertragen;
    Jetzt unterlieg' ich meinem Schmerz.

Siebente Szene

Gustav und Thomas.

GUSTAV *der einen Schmetterling haschen will.*
    Wart! wart! Ich will dich doch wohl fangen,
    Und wärst du schneller als der Wind!

THOMAS.
Wie wird mir – welch ein heimlich Bangen –
Ach, welch ein liebes, schönes Kind!
GUSTAV.
Ach! sieh – ein Fremder –
THOMAS.
Darfst nicht erschrecken,
Mein Kind, ich bin kein böser Mann.
GUSTAV.
Ich werde mich nicht vor ihm verstecken,
Hab' ich doch ihm auch nichts getan.
THOMAS.
Hast du das Gebirge nicht gescheut?
Wie kommst du so allein in den Wald?
GUSTAV.
Nicht doch, die Mutter ist ja nicht weit.
THOMAS.
Ach Gott, mein Gustel wär' auch so alt!
GUSTAV.
Wir sammeln für den Winter Reisig.
THOMAS.
Ihr guten Leute seid wohl arm!
GUSTAV.
Ei freilich, aber die Mutter ist fleißig;
Wär' nur im Winter der Ofen warm.
THOMAS.
Der Vater schafft euch warme Betten.
GUSTAV.
Ja, wenn wir noch einen Vater hätten!
THOMAS.
Du hast den Vater schon verloren?
GUSTAV.
Er zog in den Krieg, kaum war ich geboren.
THOMAS.
Wie mir das durch die Seele geht!
Wie alles seltsam sich muß treffen,
Mich Armen schadenfroh zu äffen.

Mein Gustel! – meine Elisabeth! –
GUSTAV.
Was wollt ihr von uns?
THOMAS.
Von euch? wieso?
GUSTAV.
Ich und die Schwester, wir heißen ja so.
THOMAS.
Ha! treibt denn hier in seinem Grimme
Mit mir sein Spiel ein böser Geist?
MUTTER *hinter der Szene.*
He! Gustel!
THOMAS.
Das ist meines Weibes Stimme!
MUTTER *noch immer hinter der Szene.*
Wo bist du, Gustel? Um Gottes Willen!
GUSTAV.
Gleich, liebe *Mutter!* ich komme gleich!
THOMAS.
O, könnt' ich mein Verlangen stillen –
O, könnt' ich *kriechen* durchs Gesträuch!
GUSTAV.
Will er die Mutter sehen, so sitze
Er nicht so faul, und rühr' er sich.
THOMAS.
Kind, ich bin lahm – hab' keine Stütze.
GUSTAV.
Nun denn, so stütz' er sich auf *mich.*
THOMAS.
Du willst mich ihr entgegenführen?
Ihr – wag' ich zu hoffen? – süßer Betrug.
GUSTAV *hilf ihm auf und stützt ihn.*
Nur auf! Er soll gemächlich spazieren;
Ich bin wohl klein, aber stark genug.

Achte Szene

Die Vorigen. Mutter. Elisabeth.

MUTTER *setzt ihren Korb nieder.*
    Wo bleibst du? Hast du dich verirrt?
THOMAS.
    Sie ist's! – O halte mich, Kind! halte!
MUTTER.
    Was seh' ich! sind meine Sinne verwirrt –
    Mein Mann! – *sie stürzt sich ihm in die Arme.*
THOMAS.
    Mein Weib!
ELISABETH *hängt sich an ihn.*
    Der Vater!
GUSTAV *verwundert.*
    Dieser Alte?
MUTTER.
    Du bist nicht tot?
THOMAS.
    Ihr seid nicht gestorben?
MUTTER.
    Dich hab' ich wieder?
THOMAS.
    Ich umarme dich.
ELISABETH.
    Wir haben's durch unser Gebet erworben.
GUSTAV.
    Bist du der Vater, so küß auch mich.
THOMAS *tut es.*
    Ja dich, den Gott als Engel sandte;
    Zu Elisabeth. Und dich, die mir so hold erscheint.
MUTTER.
    Wo kommst du her?
THOMAS.
    Aus fernem Lande.

MUTTER.
>	Wir haben lang um dich geweint!

THOMAS.
>	Ach, weinen werdet ihr auch wieder!
>	Der liebe Gott mir alles nahm!
>	O, setzt mich unter dem Baume nieder,
>	Ich bin ein Bettler – und – bin lahm!

MUTTER.
>	Ein Bettler? nein! nenn' es gelinder;
>	Sechs Hände sind, Dich zu nähren, bereit,
>	Du hast dein Weib und deine Kinder,
>	Die werden dich stützen jederzeit.

THOMAS.
>	O höre, Gott, mein dankbar Beten! –
>	Ich fand euch wieder, ihr habt mich lieb.
>	Doch soll ich meine Hütte betreten
>	Als ein unnützer Tagedieb!
>	Soll ich von euch mich lassen füttern?

MUTTER.
>	Willst du uns die schöne Stunde verbittern?
>	Du brauchst ja nur zum *Gehn* die Krücken,
>	Kannst drum die *Hände* dennoch rühren.
>	Wir wollen es sogleich probieren;
>	Komm, hilf den Korb mir auf den Rücken;
>	Dann wandeln wir getrost und munter
>	Den wohlbekannten Pfad hinunter.

THOMAS *dem seine Kinder aufgeholfen haben.*
>	Ja, liebes Weib, du gibst mir neues Leben;
>	Wie wohl mir der Gedanke tut,
>	Ich sei doch noch zu etwas gut.
>	Wo ist der Korb? Ich will ihn heben!

Elisabeth unterstützt ihn dabei, die Mutter stellt sich mit dem Rücken gegen ihn, und er versucht, den Korb auf ihre Schultern zu heben.

THOMAS.
　Von mir gewichen ist die Kraft des Lebens;
　Auch dieser Korb ist mir zu schwer!
ELISABETH.
　Ich will auch helfen, Vater; gebt her!

　　　Sie will den Korb aufheben.

　Seltsam; auch ich versuch' es vergebens.
THOMAS.
　Um mich zu trösten, stellst du dich schwach.
ELISABETH.
　Nein, wahrlich, Vater! ich heb' und hebe;
　Allein umsonst. *Sie blickt in den Korb.* Ach, Mutter! Ach,
　Die Reiser sind *Gold!* so wahr ich lebe!
MUTTER *wendet sich um.*
　Was sagst du?
GUSTAV *hüpft um den Korb.*
　Gold, Gold, lauter Gold!
MUTTER.
　Ich bin erschrocken, daß ich bebe.
THOMAS *sinkt wieder unter den Baum.*
　O Kinder, der Berggeist ist uns hold;
　Gewiß von ihm kommt das Geschenk.
MUTTER.
　Nun sieh', es leuchtet ein neuer Morgen!
THOMAS.
　Nun darf der Krüppel nicht mehr sorgen!
　O, seid der Wohltat eingedenk!
GUSTAV.
　Dank dir, du guter Rübezahl!
MUTTER.
　Mein Dank ist stumm und ohne Wort.
ELISABETH.
　Wie bringen wir aber den Korb nun fort?
　Der Weg ist weit hinab ins Tal. –

Wir müssen auch den Vater führen;
Denn eher lass' ich die goldene Beute.

Neunte Szene

Die Vorigen. Rübezahl als wandernder Chirurgus.

RÜBEZAHL.
O sagt mir doch, ihr guten Leute,
Kann ich hier nicht den Weg verlieren?
MUTTER.
Wo kommt er her? Wo will er hin?
RÜBEZAHL.
Aus fremden Ländern ward ich verschrieben,
Weil ich ein berühmter Wundarzt bin,
Meine Kunst in Hirschberg auszuüben;
Dort, sagt man, lebt ein reicher Mann,
Dem ist einmal vor vielen Jahren,
Als er im Kriege sich hervorgetan,
Eine Kugel in das Knie gefahren;
Ein Ignorant hat es schlecht kuriert,
Davon ist der Fuß ihm steif geblieben;
Weil er nun nicht gern auf Krücken marschiert,
So hat er mich aus Paris verschrieben.
Über Hals und Kopf komm' ich von dort,
Bin auf der Reise schon viele Wochen;
Soeben ist mir der Wagen zerbrochen,
Da wollt' ich denn zu Fuße fort. –
MUTTER.
I nun, die Beschwerde ist noch erträglich;
Hirschberg ist eben nicht mehr weit.
THOMAS.
Ach, sag er mir, Herr! ist das wohl möglich,
Daß er den Fuß von der Lähmung befreit,
Wenn schon eine geraume Zeit verstrichen
Und alles schon verwachsen ist?

RÜBEZAHL.
    Freund, das ist mir eine Kleinigkeit;
MUTTER.
    Ach Gott, welch' neuer Hoffnungsstrahl! –
RÜBEZAHL.
    Doch freilich ist mein Balsam teuer.
ELISABETH.
    Befreit den Vater von seiner Qual,
    Und was wir besitzen, sei flugs euer.
RÜBEZAHL *lachend.*
    Blutwenig ist wohl, was ihr besitzt?
MUTTER *rasch.*
    Hier, dieser Korb –
THOMAS.
    O nicht doch, Kind!
    Ein gesunder Fuß euch ja weit minder,
    Als dieser Schatz im Korbe nützt.
MUTTER.
    Mit Freuden wollen wir alles missen.
RÜBEZAHL.
    Was habt ihr denn im Korbe dort?
MUTTER.
    Gold! lauter Gold!
RÜBEZAHL.
    Das schenkt ihr fort,
    Als wären's Schalen von Haselnüssen?
MUTTER.
    Ach, Herr! für ein Weib, das redlich liebt,
    Auf Erden kein größer Glück es gibt,
    Als wenn sie für einen wackern Mann
    Das Beste und Liebste opfern kann.
ELISABETH.
    Hilft er, so spring' ich deckenhoch.
GUSTAV.
    Und Gustel ihm ein Liedchen singt. –
THOMAS.
    Nicht wahr, Herr, wenn's auch nicht gelingt,

Ein glücklicher Vater bleib' ich doch? –
RÜBEZAHL *beiseite.*

Bin, ich doch sonderbar bewegt,
Fast scheint's – trotz meinem geistigen Wesen – –
Daß Neid sich gegen die Menschen regt.
Laut. Wohlann, mein Freund, ihr sollt genesen!
MUTTER.

Ist's möglich, Herr!
RÜBEZAHL.

Ja, eure Krücken
Werft nur in Gottes Namen weit,
Es tut in wenig Augenblicken
Mein Balsam seine Schuldigkeit.

Er setzt sich zu Thomas, zieht ein Büchschen hervor und reibt ihm das Knie.

MUTTER.

O Rübezahl! jetzt fühlen wir erst
Den ganzen Wert von deinem Geschenke.
THOMAS.

Ha! diese zerschmetterten Gelenke –
Wie ist mir – neues Leben zuckt
Durch jede Muskel, jede Nerve –
Die Last, die mich zu Boden gedrückt,
Wie leicht ich sie von der Schulter werfe! –
GUSTAV *faltet die Hände.*

Ach, Mutter! ich bete Sprüch' und Psalter,
Das wird vielleicht von Nutzen sein.
THOMAS.

Geschmeidig wird mein Fuß. –
RÜBEZAHL.

Nun, Alter?
Versucht? einmal und steht allein!
THOMAS.

Es ist geschehen! ich bin gesund!
Gott! Gott! ich danke dir; und ihm!

MUTTER und ELISABETH *umarmen Rübezahl von beiden Seiten.*
O Herr! –
GUSTAV.
Gott wollt's ihm segnen alle Stund'.
RÜBEZAHL.
Nun, nun, nur nicht so ungestüm,
Mein Balsam hat den Dienst verrichtet;
Doch schwebt euch auch wohl noch im Sinn,
Zu welchem Geschenk ihr euch verpflichtet?
ELISABETH.
Da steht der Korb!
MUTTER.
Nehmt alles hin!
RÜBEZAHL.
Zuweilen die Menschen sich hoch vermessen,
Zu geben und schenken, was es auch sei;
Ist aber die Gefahr vorbei,
So wird das Gelübde gar oft vergessen.
MUTTER.
Nein, zieh er nur hin mit der goldnen Bürde.
ELISABETH.
Auch nicht ein Blättchen nehmen wir an! –
THOMAS.
Nun fühl ich erst wieder des Hausvaters Würde,
Da ich für die Meinigen arbeiten kann.

*Mutter und Kinder umschlingen den genesenden Thomas;
währenddessen verwandelt sich Rübezahl.*

ALLE.
Ha! Rübezahl! – der gute Geist!

Sie heben die Hände zu ihm empor – er verschwindet.

Erzählungen aus dem Biedermeier

Biedermeier - das klingt in heutigen Ohren nach langweiligem Spießertum, nach geschmacklosen rosa Teetässchen in Wohnzimmern, die aussehen wie Puppenstuben und in denen es irgendwie nach »Omma« riecht.

Zu Recht. Aber nicht nur.

Biedermeier ist auch die Zeit einer zarten Literatur der Flucht ins Idyll, des Rückzuges ins private Glück und der Tugenden. Die Menschen im Europa nach Napoleon hatten die Nase voll von großen neuen Ideen, das aufstrebende Bürgertum forderte und entwickelte eine eigene Kunst und Kultur für sich, die unabhängig von feudaler Großmannssucht bestehen sollte.

Georg Büchner Lenz **Karl Gutzkow** Wally, die Zweiflerin **Annette von Droste-Hülshoff** Die Judenbuche **Friedrich Hebbel** Matteo **Jeremias Gotthelf** Elsi, die seltsame Magd **Georg Weerth** Fragment eines Romans **Franz Grillparzer** Der arme Spielmann **Eduard Mörike** Mozart auf der Reise nach Prag **Berthold Auerbach** Der Viereckig oder die amerikanische Kiste

ISBN 978-3-8430-1884-5, 444 Seiten, 29,80 €

Erzählungen aus dem Biedermeier II

Annette von Droste-Hülshoff Ledwina **Franz Grillparzer** Das Kloster bei Sendomir **Friedrich Hebbel** Schnock **Eduard Mörike** Der Schatz **Georg Weerth** Leben und Taten des berühmten Ritters Schnapphahnski **Jeremias Gotthelf** Das Erdbeerimareili **Berthold Auerbach** Lucifer

ISBN 978-3-8430-1885-2, 440 Seiten, 29,80 €

Erzählungen aus dem Biedermeier III

Eduard Mörike Lucie Gelmeroth **Annette von Droste-Hülshoff** Westfälische Schilderungen **Annette von Droste-Hülshoff** Bei uns zulande auf dem Lande **Berthold Auerbach** Brosi und Moni **Jeremias Gotthelf** Die schwarze Spinne **Friedrich Hebbel** Anna **Friedrich Hebbel** Die Kuh **Jeremias Gotthelf** Barthli der Korber **Berthold Auerbach** Barfüßele

ISBN 978-3-8430-1886-9, 452 Seiten, 29,80 €